把凉水烧成热水

>> 潘洗 著

北方联合出版传媒(集团)股份有限公司
春风文艺出版社
·沈阳·

Boiling the Cold Water into Hot Water

图书在版编目（CIP）数据

把凉水烧成热水 / 潘洗著. —沈阳：春风文艺出版社，2019.4（2021.1重印）
ISBN 978 - 7 - 5313 - 5565 - 6

Ⅰ. ①把… Ⅱ. ①潘… Ⅲ. ①短篇小说—小说集—中国—当代 Ⅳ. ①I247.7

中国版本图书馆CIP数据核字（2018）第286770号

北方联合出版传媒（集团）股份有限公司
春风文艺出版社出版发行
http://www. chunfengwenyi. com
沈阳市和平区十一纬路25号　邮编：110003
永清县晔盛亚胶印有限公司印刷

责任编辑：姚宏越　　责任校对：陈　杰
封面设计：王学东　　幅面尺寸：145mm × 210mm
字　　数：185千字　　印　　张：7
版　　次：2019年4月第1版　　印　　次：2021年1月第2次
书　　号：ISBN 978-7-5313-5565-6
定　　价：32.00元

目　录

1990年的毕业纪念册

W1

这项工程，我已经秘密进行了许多年。

关于我的初恋，我曾经在很多场合谈起过。我也曾多次描述我的初恋女友，她模糊的身影在我早期的小说中时隐时现。虽然我们没能将合影贴到一纸结婚证上，但两个人相恋的那段日子，那些酸甜苦辣五味杂陈的日子，总不能如日历纸一样被随手撕掉并抛弃。世界上还有完美无瑕如岫岩玉一般的初恋吗？有缺憾才更刻骨铭心呢。童话中的狐狸说，吃不到的葡萄是酸的，可我认为，没吃到的葡萄一定甜美无比，虽然它实际上可能并不甜。

把给我初恋女友的情书录入电脑，这个念头早在1991年的春天就有了。可真正开始实际录入操作，却要等到十多年后。这也不难理解。那年春天，我从一个城市失魂落魄地回来，怀着一颗受伤的心，还有上百封情书和一本毕业纪念册。最初，我甚至不敢触碰那厚厚的一摞子情书，仿佛面对着已经结痂了的伤口，翻开一页，就揭去了一层创皮，鲜血便又哧哧冒了出来。当然，技术上的困难也是个重要原因。刚参加工作那会儿，我所在的单位仅仅拥有一台286的电脑，是专门用于电费发行业务的，我连进入机房的机会都很少，遑论用这台机器打字了。

2001年的春天，我去鲁迅文学院进修。后来的鲁迅文学奖得主夏天敏，以及现在风头正健的作家张学东、柳营等人，都在我们那个班。临近毕业时，北京一家出版社的编辑来约稿，约的都是长篇。同学们有的拿出了自己的书稿，也有的谈自己的创作计划。我本来只想随便听听，实在忍无可忍，就利用喝水润嗓子的间隙打断了他们。我装作很迫切的样子，说各位老师，我也有个创作构想，不知道行不行。编辑们早已心不在焉，但对我的提议表现出一种异乎寻常的热情。我想，他们鼓励我往下说，显然并非对我的什么构想感兴趣，而是希望尽快从这种磨磨叽叽的状态中抽身出来。我拿过一张白纸，煞有介事地就说了起来。我说我这部长篇暂定名为《别让太阳晒到我》，名字源于一首英文歌曲，就是*Don't let the sun go down on me*（我趁机卖弄了一下我的英语水平，谢天谢地，恰好没有生词）。我说我准备利用书信体来结构我的长篇，因为信件是在特定年代里，天各一方的恋人之间沟通情感、倾吐爱意的唯一方式。篇幅控制在25万到30万字之间。我还信口开河，说了些什么泥沙俱下的生活，世俗的爱情，被颠覆的价值观，对心灵的坚守与把握等一堆乱七八糟的形而上的硬词儿。我当然懂得把握分寸，所以我及时刹了车。约稿会终于结束了，好多同学都向我投来赞许的目光，我知道这跟我硬生生结束了某种令人发疯的状态有关，而这可能是人心所向的。唯有老梁，从此真就跟我结下梁子，对我不理不睬的，而先前我们可是相当亲近的东北老乡呢。

从京城回来已是盛夏。我翻箱倒柜，找出了我当年的那些情书，弄得我满头大汗，满手灰尘，还有满腹感慨。书信、日记、集邮册、剪贴本、通信录、纪念册、明信片、获奖证书等都是放在一起的，装了满满三只大纸箱子，其中的情书就装了鼓鼓囊囊的两个大档案袋。我猜这些情书大概能有10万字。我自忖打字速度还可以，即便考虑到某些不确定因素，估计用三五个月时间也能录完。我想我不会真的去写一部名叫《别让太阳晒到我》的长篇小说。把情书录入电脑，再打印出来装订成册，送给我的初恋女友，这个主意看起来相当诱人。这么做可能跟爱无关。这是我写给她的情书，本来就应该属于她，只不过被我从她那里拿回来了。

那个时候我绝对没有想到，这竟然成了一个旷日持久的浩大工程，而且这个工程进展相当迟缓，曾数次中断。实际上，从2001年至今，我集中精力录入情书的次数只有三次。开始是因为刚从北京回来，有股子热乎劲儿。可是刚录入20000字就撂下了。因为忙。一个30多岁的男人忙一点儿很正常，忙工作，忙应酬，忙着打麻将、唱歌、桑拿、喝大酒……忙了这个就不能忙那个，有什么办法呢！紧接着是在2002年，我们回大连的母校搞了一次同学聚会。那次聚会充其量算是半个同学聚会，因为全班40个同学只回去了26个。大家比较一致的意见是，毕业才13年，不上不下的，聚个什么劲儿呢？等20年时再好好聚吧。我当然也回去了，还准备了一篇相当煽情的发言稿，题目叫《让我用剩余的生命好好爱你》，却因为一个人的缺席而没有派上用场。聚会结束了，我的闹心劲儿才刚刚开始。就像跟谁赌气似的，我在那台笔记本电脑上狠狠地敲着，断断续续敲了一个多月，又录入40000字后，突然间索然无味，便再次停了下来。

这一停就是四五年。2006年春节，我才把这项工程重新捡了起来。我编辑文档是喜欢用密码的，朋友们都知道我这个习惯。谁敢在媳妇儿的眼皮底下明目张胆地抄录给初恋女友的情书呢？万一被她发现，这道密码一定会像一堵墙那样挡住她继续探寻的步伐。毕竟，这是一项秘不示人的工程。然而这一次，从一开始就遭遇了巨大的挑战。在试图打开先前录入的那60000字文档时，我自己也被这堵密码给挡在墙外。时间太长，我早把密码忘记了。当时我用的还是WPS，试了几十遍，都没有结果，没办法，只好求助于金山公司。幸好是WPS的早期版本，有个叫高小玲的金山公司员工（相信是位美女，有机会一定去北京请她吃饭），反复好几次，才帮我把密码解开。我惊出了一身冷汗。老实说，若密码解不开的话，我还真不知道自己能否从第一封信开始重新录入。

现在，我已经录好了将近90000字，这个字数大约是这些情书文字的一半，因为第一只档案袋还有若干页信纸没有录入。想不到所有情书加起来竟有20万字。我不知道剩下的那些情书什么时候能录完。显然，那极有可能是一件遥遥无期的事情。虽然如此，我却仍然坚信某一天，这项工程会画上一个圆满的句点。那样，我就可以揣着已装订成册的情书，也许还有无法释怀的青春梦想，去见她了。许多年前，我的初恋女友，那个漂亮的同班女生曾对我说过：“欢迎你到时候来找我，我会为你高兴……”

M1

粉色缎面、硬皮精装。横向的版式。只比32开的课本小一圈儿。

封面上的图案与字都是烫金的。在正下方四分之一的位置，烫印着“依依惜别情”五个字，跟现在电脑字库里面的综艺体很像，“依依”两个字还利用字形，在上端用一条长长的横联结在一起，并向左伸出去一个字的位置。右上方，则烫着一只展翅翱翔的鹰的图案，翅膀张在了一个圆圈儿的外边，紧挨着的“毕业纪念册”五个小字倒还中规中矩。

翻过来第一页（如果把它比作一本书，那这一页就是扉页了），图案、字迹及其布局跟封面几乎相同。稍有不同的是，这一页是橘红的底色套印着白色的图案。背面则是空白。

后面这两页的书法作品很有意思。一页写的是“友谊长存”，一页写的则是“海内存知己，天涯若比邻”。虽说是书法，但是字写得实在有些粗糙。比如友谊的“友”字，不知是什么原因，上面就多了一横，也许是某位名人的书法吧。两幅字都居页面正中，四周则饰以波浪状图案。

“美好的回忆”这页是用来张贴毕业集体照片的，可是找不到毕业照。不过好像的确贴过一张什么照片，但又被撕下来了，那痕迹还在。左上角还写了一个大大的“瞻”字，是纪念册主人的笔迹，这可能就是给这张贴上又被撕下的照片取的名字吧。想起来了，这张照片上，主人正虔诚地仰望着一座雕塑，那是一座洁白、丰满、裸露的女神石像，应该就是在滨海大道上的某一处雕塑。

“美好的回忆”背面，则是纪念册主人的相关信息。左侧是一张2英寸黑白照片，跟贴在毕业证书上的是同一底版、同一尺寸。白衬衫，头发有些长，戴着眼镜，胡须的痕迹较重。照片下面写着主人的自然情况简介：姓名、出生日期和家庭住址。中右侧三分之二的位置上，写着几段话，今天看来，仍可窥见主人当年那种狂躁不安的心态：

天涯何处觅归路?

去鸭绿江畔领略江城的绮丽风光怡然得趣，我不以为是谁的垂青；到太平哨经受风吹雨淋日晒砥砺韧性，我不认为是什么惩罚。人心如此，我自无言。我只知道我自己，我终将堪堪把握住自己。我想我能的。

好男儿，志当执鞭策马奔腾喧嚣于这死寂的世界，虽效勾践之卧薪尝胆，又何患其苦?

不居正，不偏倚，不矫饰，不悲怆，不缠绵。只要真诚与认真，就足够。

接下来的四页，两页是“教师志”，每页各有六个空白记录，可记载任课老师的姓名与任课名称，但都是空白的；两页是“老师赠言”，也是空茫茫一片。很奇怪他为什么不让老师给他写上几句勉励的话。

W3

接到叶明电话时我正在麻将桌上，稀里哗啦鏖战正酣。

因为这个电话我有些分心，想都没想就把那张“混儿”给打了，本来是自摸三家满，现在却不让和了。里里外外这么一算，损失了100×3+50=350（元）（应该赢300块，结果输了50块），心里有些埋怨叶明，电话来得真不是时候。便宜了石所长，让他给和了。他还得理不饶人，假惺惺而又不无得意地说，打麻将时就是不能接电话，你看我都关机了，牌正兴着，一个电话就把牌道给搅了。跟他们打麻将，得有很强的心理素质，赢家不仅会赢走你的钱，还用风言风语随时敲打你。被他们一刺激，心里的火苗子噌地就蹿起来了，得，正好中了他们的奸计，心神不定怎么能打好牌呢。好在在麻将场上也混了这么多年，都是久经沙场的老将，早就油出来了，所以也不会轻易上当。稳住心神又打了两把牌，没和。我心里明白，这样下去，昨天的惨剧又将重演。看了下时间，离约定的上午局结束时间还有半个小时，就把牌推了，说再玩吧，我有个外地的哥们儿回来了，我得请他吃饭呢。张科长说，昨天一天你给哥儿几个贡献了一千多，不想往回捞捞了？我说，不急，你们先替我攒着，多存点儿利息。

中午我和叶明去体育场附近的锦阳小吃部喝羊汤。别看这个小吃部不起眼，生意却红火，去晚了可就找不到位置了。他家的特点是新杀的羊，在外边架一口大铁锅，用柞木劈柴熬着，那味道绝对地道。我俩喝了一身臭汗出来，外面秋老虎的天气正烤得厉害。于是我们去了乐雪桑拿浴，把自己弄得干干净净，再去楼上大厅休息，做了个足疗，松了个腿。如果不是叶明坚持要走，真想在这儿把这个燠热的下午给消磨掉。出来结账时，正好遇到了本单位的几个哥们儿，他们就把单子给结了。玉城这地方小，总会遇到熟人，替别人买单或有人给自己买单，都是常有的事情。

其实叶明也没什么要紧的事儿，他就是想去玉雕大厦买手镯。现在的玉器价格涨得很凶，原先三五百块钱能买到相当不错的老玉手镯，现在2000块钱还买不到一只。我找到卖玉器的哥们儿小赫帮忙，最后叶明花了1700块钱，挑到一只很好的老玉手镯。这么贵重的手镯，没准是送给女朋友的。现在讲究点儿的，都不送金银了。

如果叶明真有个女朋友，那就好了。据说他们两口子早就形同陌路。叶明家老爷子开矿，钱厚，先后在省城美院附近置了两处房子，都很宽敞，其中的一处便是两口子的新房。而今他们俩却各住一处房子。两人在附近的超市里偶然碰面，竟然像个熟人似的只点头打个招呼便擦身而过。叶明许多年来过的就是这样一种生活。我还听说了许多关于他的事情，但我却不愿在叶明面前提起。

从玉雕大厦出来，叶明突然提议，去你家看看吧，我很怀念你家院子里的葡萄架呢，那玫瑰香可真甜哪。我说那些葡萄哇，唉！不管是巨峰还是玫瑰香，全都连根刨了。如果你想回忆一下葡萄园的感觉，咱们干脆去逛富源广场吧。叶明说，免了。于是去看我在吉庆小区的那处房子。

幸好我身上带了一把钥匙。还只是毛坯房，室内空空荡荡，窗玻璃碎了几块，暖气片丢了几片，墙角还堆了好几张已经破损的苯板。尽管如此，我还是兴致勃勃地向叶明描述房子装修之后的样子。我说重点是要把这间朝北最大的房间布置成我的书房。我已经反复计算过，能放四个书柜，基本上能放下我的书，柜子顶上摆杂志，其他一些资料就放在下面的小柜中。电脑放这儿，那儿再放一张床，你以后再回来，就可以在我家住了。

站着说了一会儿话，感觉很闷，透不过气来，我们就出来了。还不到5点钟，我俩直接去了饭店。我问他，你还想找谁过来？比如婚前好友啥的？你读高中时不是有个叫田什么杰的女同学吗？叶明撇撇嘴。

就两个大老爷们儿吃饭，实在没意思。我俩一共才喝了三瓶啤酒。他喝两瓶半，我只喝了半瓶。叶明把最后一杯啤酒倒进自己的嘴里，还想要酒，我说不如等一会儿换个地方好好喝，他说那也好。点上一根烟狠狠吸了几口，他突然冒出一句：我想离婚，我要过上一种正常人的生活。我没吱声，等他把烟抽完了，才对他说，走吧，咱俩找个歌厅。

从歌厅出来被风一吹，清醒了许多。时间尚早，我说再去“绿野仙踪”坐一会儿吧，才10点钟，夜生活刚刚开始。

叶明也有些晃荡，问，绿野仙踪是什么东西？我说是茶楼吧，和省城的避风塘差不多。

他又问有普洱吗？我现在喝茶只喝普洱。

我愣怔了一下。我说，好像只有花茶、绿茶，还有苦丁茶。

M2

“友人篇”是这本毕业纪念册的主体。这一页的正中，印有一个绿色的“扬帆”图案，下面则是黑色的“友人篇YOURENPIAN”字样。此后就以每两页为一组，即前一页的背面与下一页的正面，翻开后，构成一个左右相连的整体。左侧是贴照片处，以及同学姓名、生日、工作单位、通信地址、志趣等内容，页面上还印有一句格言，算是这个页面的标志；右侧整页则是填写赠言处，页面的一角还印着梅、兰、竹、菊等花草树木的简笔画，在每一组都会无序出现，有的紫色，有的绿色，有的蓝色。

每一组的赠言也都大同小异，基本上都是写祝福的话。限于篇幅，只抄录若干留言如下：

朱福军：

页面格言：君子以文会友，以友辅仁。（《论语·颜渊》）

志趣：写一些别人没有写过的废话来欺骗和你我一样的人，画几个并不像人的人在这个世界中替我爱、恨、哭、笑。

赠言：用热热烈烈的、凄凄凉凉的语言来真真假假地爱、莫名其妙地恨、别出心裁地赞美、独树一帜地诅咒这个世界，以达到别有用心的目的——不让这个世界忘记你。1990.7.4

张全德：

页面格言：无论是多情的诗句、漂亮的文章，还是闲暇的欢乐，什么都不能代替无比亲密的友情。（普希金）

赠言：我们要得到的，即使经过终生的追求也未必能够得到；我们不想得到的，却又极其容易得到，这也许是人生之亘古悲哀。1990.7.4

王宇庆：

页面格言：我们今天是桃李芬芳，明天是社会的栋梁。（《毕业歌》）

赠言：既然/不曾有来世/既然/不想有悔恨/那就/爱得痛快/爱得淋漓/爱得天昏地暗/爱得死去活来！1990.7.8

董振伟：

页面格言：知识是引导人生到光明和真实境界的灯烛。（李大钊）

志趣：足球是最好的爱好，能健身，让人热爱生活，让人年轻。

赠言：亲家/是你想高攀/结束吧/你的梦想/一日夫妻百日恩/亲家一场难免有些牵挂/就接受我对你的祝福吧/祝你万事如意！1990.7.10

金微微：

页面格言：外国语是人生斗争的一种武器。（马克思）

赠言：战友，我们曾经在一个战壕里战斗过，记得我在水房泼了你一身的水，我们是战友，就不用说“对不起”了吧。愿你在今后的工作中一切顺利，生活幸福、快乐！1990.7.10

李铁枝：

页面格言：时间是一个伟大的作者，它会给每个人写出完美的结局。（卓别林）

赠言：虽然你觉得千百个爱你的人对你的爱也抵不上你爱的人给你的千百分之一的爱，但我还是希望你去追求爱你的人吧！正如你所说，一切祝福都是多余的，我也没有祝福。1990.7.11

郭玉红：

页面格言：闪光的东西，并不都是金子；动听的语言，并不都是好话。（莎士比亚）

赠言：虽然你至今未出版过任何作品，但我却由衷地欣赏你的文采，尤其是你戴的那副眼镜，更给你增添了几分文人雅士的风度。但愿再见之时，能够名副其实地叫你一声“大文豪”！祝你爱情甜蜜！1990.7.11

姜瑞新：

页面格言：真正的爱情始终使人向上。（小仲马）

志趣：喜欢集邮（但不爱花钱买），喜欢玩，喜欢逛商店，喜欢看一点儿小说，就是不爱干活。

赠言：凭我的感觉，你将来一定会有大出息的，愿早日得到你成功的消息。欢迎到时候你来找我，我

会为你高兴！1991.3.19

姜渭弢：

页面格言：知其心，然后能救其失也。(《学记》)

志趣：我的特点是玩啤！喝足之后再去玩球。

赠言：提起笔，驰骋在文学的天地里，也许它比世界还大，包罗万象。1990.7.10

…………

W5

无论如何，书房中应该摆一盆文竹。文竹虽纤细，却挺拔，那云片般的枝叶层层叠叠，攀缘而上，俨然一片袖珍的竹林。当然，吊兰也行，但是吊兰喜水，把地板弄得湿淋淋的就不好了。靠北的这个房间足有20平方米，却仍显狭小、逼仄。窗子西侧，沿墙边摆了四个书柜，柜子里面早已摆满了各种书籍，历年来积攒下来的杂志还得放到书柜顶端。早年的那些信件、日记、集邮册、剪贴本、通信录、纪念册、明信片、获奖证书……一样都舍不得丢掉，重新找了规格相同的纸袋，分门别类地包装起来，就摆放在书柜下面的小柜子中。窗子东侧，则放了一张单人床和一个电脑桌。单人床的用处有两个，一是来了关系密切的外地朋友或同学，大可不必去酒店开房，直接住在家里就好了；二是一旦上网或者写得晚了，干脆就在这儿随便住一晚，免得吵闹已经熟睡的媳妇儿。

把最大的房间用作书房，倒也算不上奢侈，这个房子有146平方米呢，何况又往大平台上拓展出去10多平方米的空间。4号楼是这个小区最好的一幢楼，而这个临街的三楼则是4号楼最好的楼层。向东可以看到东山，还能从另一个楼群的缝隙中看见大洋河的水面。房子的北、东、南三面都有窗子，共有7个，视野相当开阔。客厅也很大，正好把窗户改成落地窗。除了书房，还有两个卧室，其中岳父一间卧室，我和媳妇儿一间卧室。把餐厅改成女儿的卧室，再把厨房改成餐厅，而把厨房挪到了平台上的扩展空间里。

这处房子是因为我原先居住的葡萄园动迁（现在那里已经变成了玉城最大的商铺——富源商业广场），开发商异地安置给我的。住进了这么大的房子，这辈子也就不必再搬家了，所以，装修一定要用心一些。所谓用心，倒也不必铺张浪费，差不多就行，总之是那种浅色调的简约风格即可。设计和施工都要请专业的家装公司，虽然得多花个万八千块钱，但值，至少质量上是有保障的。先看装修效果图，然后修改、完善，最后把装修样式敲定下来。家装公司负责施工，我自己购料。我自己懒得跑，就找了哥们儿小孙帮忙，他这段时间正好在家闲着，平日里不是上东山公园遛腿，就是去大洋河钓鱼，美其名曰修身养性。他就骑上个小破摩托车，到处帮我联系沙子、水泥、砖、水暖件、陶瓷、地板、灯具……忙得不亦乐乎。装修房子是个重大的系统工程，事无巨细，必须想得周全。好在我媳妇儿这人，无论干什么事儿，总能弄得熨熨帖帖，严丝合缝，她办事，我放心。现场监工、沟通协调等一些具体的问题，细节的问题，全凭媳妇儿做主，我只是偶尔去现场看一眼，提点儿小意见。在我们家，我基本上是个甩手掌柜，除了艰难险重、脏苦累差的活，一般我轻易不出手。当然，重大决策我还是要发表意见的，比如装修房子这样的大事儿，总得两口子商量着办，而商量的结果当然是我的意见占上风，媳妇儿对我基本上言听计从。夫唱妇随嘛，这符合中华民族的光荣传统。

但是很快，我俩之间的意见还是产生了严重的分歧。也就在临近装修工期的尾声，油漆工都已经开始刷油了，媳妇儿偶然跟我算起了一笔账。她只是粗略地算了算，居然吓了我一大跳。亲戚、朋友、同学、同事、邻居们有个什么红白喜事儿，诸如结婚、生子、生日、升迁、搬家、开业以及老人去世等等，都要随礼，这也是中国人的传统。当年的礼小，20块钱就行，30块、50块也可，后来就涨了，现在100块钱都不好意思拿出手了，差不多得200块钱。有时候交情深，或者有利害关系，500块、1000块也挡不住。参加工作将近20年，算下来随出去的礼怎么也得十几万元。我结婚时收的是20块钱的小礼，女儿满月也不过是50块钱的小礼，到后来基本上就没什么大事儿。数年前倒是差点儿搬了一次家，可是因为种种原因，站前大街那处房子最终没有去住，卖掉了，所以从动迁之前我就一直住在新华书店后面的葡萄园。现在我搬到了独一处，被我命名为芙蓉园的另一处平房，是一种临时安置性质，所以，压根就没有大张旗鼓地办。由此看来，吉庆小区的这处房子，是一定要办一办的。借着搬家的机会，办上几十桌酒席，把这许多年来随出去的礼往回收一收，怎么也能剩个几万块钱吧。

这么做无可厚非，开始，我也很赞同我媳妇儿的想法。可要想让我一个一个到处去通知人家，说我要搬家了，定在某月某日，希望大家都到某某酒店去捧场啊——这不是伸手跟人家要钱吗？面子上到底还是过不去。所以，慢慢地我就有些磨蹭，开始搪塞我媳妇儿，也有时候故意不搭她的茬儿。这么拖延着，大概又过了一个多月，已经把新买的家具、家电及部分东西搬得差不多了，许多哥们儿也来问什么时候办，我说再等等吧，快了，把红包准备好，到时候缺不了你的酒喝。我媳妇儿却等不了了。这个周六的上午，我们两口子在新房子的书房里又讨论起这件事儿。

我想了想说，认真地说，还是算了吧，这没啥意思。只要有心，咱们不办他也会来。让我挨个通知来随礼，我真拉不下这张脸。媳妇儿说，我知道你有顾虑，可这算个什么事儿啊？搬个家办一办收点儿礼，这也是人之常情嘛，再说了，面子能顶钱花吗……她还在喋喋不休地往下说，《北极星》那熟悉的音乐响了起来。手机响得正是时候，原来是那帮小子找我打麻将，我趁机溜之乎也。关上房门的一刹那，我听见了嘭的一声闷响。我猜是媳妇儿将一本什么书狠狠地摔到了地板上。

M3

出现在纪念册中的，还有另外几个人。他们的情况有些特殊，严格地说，他们并非主人的"亲同学"。现按照相同的格式，将他们4位的赠言抄录如下：

刘大林：

页面格言：赠人以言，重于珠玉；伤人以言，重于剑戟。（孙子）

志趣：未填写。

赠言：虽然你很年轻，但生活给你的滋味一定很辣很辣了。1990.7.5

孙平：

页面格言：咬定青山不放松，立根原在破岩中。千磨万击还坚劲，任尔东西南北风。（郑板桥）

志趣：愿在一个永恒的空间里失重，拥有一切又不拥有一切。

赠言：依然昂着头，用真诚而不羁、尖刻而友好的目光去射击或勾引点儿什么，直到当孤独拥有了你，我在六楼的阳台上跺脚。1990.7.23

李芹泥：

页面格言：书犹药也，善读之可以医愚。（刘向）

志趣：从小立了大志，当一名图书管理员。

赠言：难忘广播站的那段时间。难忘经管校最后告别春天的大衣。再相逢时，真诚地问一声："你好！"1990.7.20

滕毅杰：

页面格言：你热爱生命吗？那就别浪费时间，因为时间是组成生命的原料。（富兰克林）

志趣：未填写。

赠言：举杯邀明月，却没有留住明月，但愿有一天，能以明月为浮子，垂钓于鸭绿江畔。1990.7.23

此外，尚有10组无任何记录，零星地散落于纪念册各处。

最后的"通信录"，共3个页面，共有7×3=21（个）记录，可以记载姓名、工作单位、电话、通信地址4种信息。可以看到在第一个页面上记着：

阜新 0418-××××265　发电厂财务科

这是"通信录"上唯一的一个记录。

W7

叶明回来那天的实际情形应该是这样的——

我接到他的电话时正在打麻将。前一天共输了900块，上午局输了250块，下午局输了400块，晚上又输了250块。憋着一股劲儿想往回捞。周日这天上午形势大好，看样子收复河山相当乐观。可是自从接了叶明的电话后，就不和了。当然啦，和不和牌跟叶明没什么关系，肚子疼别埋怨灶王爷，这不过是巧合而已。我连续5把牌不开和，看看也快到时间了，就提议提前结束。就这样，我还是赢了将近300块钱。

中午我和叶明去体育场附近的锦阳小吃部喝羊汤。别看这个小吃部不起眼，生意却红火，去晚了可就找不到位置了。他家的特点是新杀的羊，在外边架一口大铁锅，用柞木劈柴熬着，那味道绝对地道。我俩喝了一身臭汗出来，外面秋老虎的天气正烤得厉害。于是我们去了乐雪桑拿浴，把自己弄得干干净净，再去楼上大厅休息，做了个足疗，松了个腿。浑身这个舒服哇，真想在这儿把这个燠热的下午给消磨掉。出来结账时，正好遇到了本单位的几个哥们儿，他们就把单子给结了。这是常有的事情，我也曾经给别的哥们儿或熟人买过单。

出来后陪叶明去玉雕大厦买手镯。现在的玉器价格涨得很凶，叶明花了6800块钱，买到一只很不错的老玉手镯。这么贵重的手镯，没准是送给女朋友的，我猜。从玉雕大厦出来，叶明突然提议，去你家看看呗，我很怀念你家院子里的葡萄架呢，玫瑰香可真甜哪。我说那些葡萄哇，不管是巨峰还是玫瑰香，早就连根刨了，如果你想回忆一下葡萄园的感觉，咱们干脆去逛富源广场吧，商场天井的西南角正坐落在原先葡萄园的上方。叶明说，得，免了。于是我俩去了我家，独一处的芙蓉园。

我的芙蓉园，只是三间平房加上一个小院子，因为院子里这株郁郁葱葱的芙蓉树而得名，是我自己取的，我取名可是有一套的。叶明说，这种树其实不叫芙蓉树，而是叫合欢树。我很惊讶，我问他是吗？他很郑重地点点头。

晚饭就在家里吃。以前叶明回来，我们经常这样在家里弄几个菜，边喝边聊。媳妇儿整了一桌子的菜，很丰盛。端起酒杯，唠的也都是家常嗑儿。那些往事，在不经意间跳了出来：初中时我去他家，我俩偷他爸的茅台酒喝，觉得再好的酒也是辣的；我去大连读书时，他曾在信中夹寄了10块钱给我，帮我度过了一次饭票危机；我结婚时，他是我的伴郎，收拾得西装革履，比我还板正，有些喧宾夺主的味道……谁叫我俩是最好的哥们儿呢？没说的。

我俩只喝了两瓶酒，他喝了一瓶半，而我只喝了半瓶，现在我极少喝大酒了。那天我们喝得都很慢。一瓶酒下肚之后，叶明的情绪有些低落，他突然冒出一句：我想离婚，我得过上一种正常人的生活。岳父已年过九十，耳朵背，对叶明的话自然毫无反应。女儿早就吃完了，正在院子里跳绳玩。我跟媳妇儿对视了一眼，谁都没说话。当年叶明婚礼的豪华场面我们两口子都曾目睹（也让我们艳羡不已），而近年来他那糟糕的婚姻状况我俩也早有耳闻，但此刻却不知该说什么好，屋子里便出现了短暂的寂静。

还是叶明打破了沉默。他说，你家的房子太小了，老少三代住在这么小的房子里，太憋屈了。再说，你的确需要一间比较大的书房，这样对你的写作有好处。于是我们就开始讨论房子，我说我们看中了吉庆小区中的一套房子，146平方米，格局很好，价格也适中。

说话间，媳妇儿把饭桌收拾了下去，然后拿起茶盒要沏茶。

叶明就问，有普洱吗？我现在喝茶只喝普洱。

我一愣，说，我家只有绿茶，凑合着喝吧。

附记1

大连电力经管学校财会851班共40名同学，除刘大林因故休学外，其他39名同学于1990年7月如期毕业，到现在，20多年不知不觉就过去了。这些同学，大多数都在电力系统内工作，有的当了总会计师、副总经理，有的当了财务总监、财务部主任、副主任，有的当了副总审计师、审计部主任，也有的一直在当会计，也有人改行干了别的。有的出国了，有的辞职了，有的陆续离开了电力系统，也有个别同学至今情况不明。据了解，他们的个人事业发展得都很好。

关于上文中出现在毕业纪念册中的那些同学，他们的现况是：

朱福军，现任辽电四公司总会计师；

张全德，现任江苏国华高资电厂副总经理；

王宇庆，现任鞍山供电公司财务资产部主任；

董振伟，不详；

金微微，移民美国；

李铁枝，现任清河发电有限公司副总审计师；

郭玉红，现任辽阳供电公司预决算审核中心副主任；

姜瑞新，现任阜新发电有限公司财务部经理；

姜渭弢，现任辽宁发电厂财务资产部副主任；

刘大林，最初分配到东电二公司，后辞职，情况不明，只知道仍在大连；

…………

附记2

这些同学中，成了三对半，他们是：曹国祥与高丽华，许文达与郭玉红，宫学军与马永红；那半对就不提名字了，结婚之后又离了。

还有好几对没成，其中就包括我跟我的初恋女友。

附记3

不用交代也都知道了，我就是这本毕业纪念册的主人。

在2006年春天之前，我跟大多数同学一样，也是个会计。但现在我已经不是了。从摆弄数字的摇身一变成了摆弄文字的，这并没有多少令人惊讶之处。好多熟悉我的人都说，舞文弄墨才更像是我的本行。他们这么说，可能因为我披了一件所谓作家的马甲。这些并不重要。对我来说，重要的是，我从此拥有了大块的时间，时间充裕了，正好能干点儿什么。到2009年我们毕业正好20年，到2015年我们相识正好30年，没准我们还会张罗一次同学聚会的。时间还有，干什么都来得及。

我现在就在鞍山供电公司的调度大楼里消磨时光。思想政治工作部在七楼，财务资产部在八楼，时隔多年之后，我和我的同学王宇庆又成了同事。

亲爱的给我写信吧

你们现在看到的，跟最终呈现的，也许不尽相同。

——写在前面，这可能跟文本无关

那时候的玉城只有一家浴池，是国营的，在中街满族商场后面。我大概每个月只能洗一次澡，不像现在，没事儿了就跑到桑拿浴去蒸蒸、泡泡，做个足疗、按摩什么的。主要是怕麻烦；当然，那时候我还坚持认为，内心的纯粹远比身体的洁净更重要。虽说整个玉城都是一副灰土缭乱的破旧模样，但空气却是清新的、干净的，似乎身上也没觉得有多么脏。那时候还没有出租车和公交车，甚至连机动车都屈指可数（就连大名鼎鼎的玉城供电局才只有两辆车，一辆北京吉普，一辆大解放），不像现在这样车满为患，饱食汽车尾气之苦。逼仄凌乱的大街上，差不多都是些逛街赏景的闲人。难怪玉城人无所事事，日子过得清贫，兜里没钱是主要原因。那时候的玉器产业还没有成型，没有玉都，没有金龙大厦，没有荷花市场，遑论如今名满天下的中国玉器会展中心了。既没有那么多赚得盆满钵满的玉器商人，也没有如今这么多可以烧钱的休闲去处，像KTV、酒吧、茶楼、网吧、洗浴中心、烧烤店、棋牌室等等，这就是20世纪80年代末期的玉城。

1990年秋天毕业时，我先是被分配到丹东电业局，随即又被分配到玉城供电局。现在的许多年轻人对“分配”这个词儿或许是陌生的，按照当时的政策，凡是列入国家招生计划的大中专毕业生，国家都是给分配工作的，这个工作就是所谓的“铁饭碗”。在学校住了四年独身宿舍，工作了还是住独身宿舍，所不同的是，这回我是栖身于局线路维修值班室。那儿本来有一张床供值班人员使用，再塞进一张床，就显得挤巴多了。还有一台彩电，节目只有几个台，偶尔碰到精彩的节目，我也会看得跟他们一样津津有味。那部老式电话是用户报修用的，平时还好，就怕深更半夜打进来，午夜凶铃的感觉相当惊悚。要命的不止这些，老实说，小丁的臭脚味我还是能够忍受的，想当年同寝室的老五总也洗不掉脚上的臭味，我不是照样熬过来了？最受不了的是小梁的呼噜声，我很纳闷，身材精瘦的小梁怎么会发出如打雷一样的鼾声呢？后来，我对每一个打呼噜的人都深恶痛绝，病根就是从那时候坐下的。

我被再次分配到下面的营业站工作，这可是个要害部门，是专门负责报装接电、抄表收费的，打个比方吧，营业站差不多就像是“电老虎”的牙齿。由于供电局大楼正在翻建，营业站暂时搬到工行西侧的电业家属楼一楼办公。当时的工行大楼是这个地段的地标性建筑，可惜几年后工行搬迁了，那个地方变成了一个叫作“云龙碧水”的洗浴中心，没几年洗浴中心也倒闭了，到现在已经闲置多年。如今，隔着一条宽敞的站前大街，街南的贺临假日酒店已经成为玉城新的地标。不过在当时，那地方还没有这家三星级酒店呢，从贺临酒店那个位置向西，都只是一大片尚待拆迁开发的平房区。

玉城是慢节奏的，上班的人们都过着朝八晚五、按部就班的悠闲生活。营业站的同事们基本上也是这样。通常情况下，早上人员是最齐的，说笑了一阵便各自出去抄表、收费了，窗口登记和内勤的同事们大抵只干半天活，然后就停下来扯闲篇。“扯闲篇”是盛行玉城的叫法，就是漫无目的地闲聊。我来得晚，跟他们不熟，融不进他们的话题中去，所以基本上只有听的份儿。我的工作就是换抄表卡片，就是那些旧的抄表卡片已经记满了，要把用户的基本信息如姓名、住址、电表号以及电表示数，都抄录到新的抄表卡片簿上，很琐碎，但需要极大的耐心和责任心，一不小心就会造成不必要的损失。好像从到营业站那天起，整个秋天我一直在干这个。到了下午，营业站里变得比较清静了，我才能偷偷看几眼自己带的闲书，或者拿出信纸写上几页。作为新人，我还是比较注意个人表现的，工作时间轻易不做私事。我基本上是把自己的事情放到宿舍，也就是值班室去做的。那儿的环境虽说有些嘈杂，但总有安静的时候，比如值班人员接到电话出去修理，那个把小时绝对属于我自己。再就是我早早起床，早上也有一大块时间可以利用，最有意思的是，即便像小梁那样的呼噜大王，他早上的鼾声也是很轻微的。我只能这么见缝插针看一会儿书，或趴在床上写点儿东西——主要是写信，刚刚参加工作，当然不能断了跟同学们的联系（其中最重要的，是给斯漪写信）；也记日记，读书时曾经记了四年的日记，这个习惯，我依然顽强地坚持着。那时候，我的生活轨迹非常简单：住在值班室，去政府招待所餐厅吃饭，去营业站换抄表卡片，去邮局寄信，回局收发室取信。就像上班一样规律，我每天都要到收发室打一站，以至于跟收发室的叶师傅很快就混熟了，他说：小洪啊，全局就数你的信最多了，你放心，我会把你的信件单独保管好。

这是安放回到玉城供电局之前的情形。等过了国庆节，安放回来了，情况逐渐发生了某种变化。安放是我的同届校友，又是玉城老乡，在学校时走得就近。他最后那个学期去市局（我们通常把上级丹东电业局称为市局）物资科实习，本以为他有机会留在丹东，不想还是回了玉城。不管怎么说，我们俩是玉城供电局有史以来分配进来的第四个和第五个中专生，所以，局领导还是很重视我们的住宿问题的。安放的二姨家住玉城，两家过从甚密，所以安放刚回来时，就借住在他二姨家。不像我，在玉城差不多举目无亲，倒是有一个本家的姑奶住在这儿，但素无来往，我怎么好意思主动上门认亲去。其实，哪怕是相处再融洽的亲戚，暂住一段还好，时间长了总不是个事儿啊。

值班室肯定是挤不下了，新大楼尚未竣工，连局领导都是两个人挤在一间小办公室里办公，哪里还有多余的房间可以改作宿舍呢。经过局领导的协调，赶在冬天之前，我跟安放住进了玉城丝绸厂的独身宿舍。这下子好多了，丝绸厂是大企业，管理也比较规范，独身宿舍就是厂招待所中最高的那层楼，每个房间四个人，一日三餐也解决了，两个室友，小高和小赵人也不错。这儿还有一个福利，就是我、安放跟丝绸厂的职工一样，享受每周开放一次的内部澡堂洗浴，水挺干净的，澡票每张才一块钱，比去中街浴池便宜一半。

安放回来后，也来到营业站，负责整理营业资料。虽说有点儿大材小用，但安放的物资管理专业知识有了用武之地，他很快就把营业资料室打理得规规矩矩。我的工作也发生了变化，几万张抄表卡片终于换完了，我就由林师傅带着，记账，对账，跑银行存现金和支票，往市局汇电费款，当时的岗位叫现金整理，现在已经正名为营业出纳了。从某个意义上说，我这个学财务会计的干上了这份工作，也勉强算是专业对口了。工作照旧很清闲，一般情况下，一到下午就没什么事儿了，我就去资料室跟安放聊天，或者凑到同事们的堆儿里扯闲篇。安放在丹东实习期间，跟玉城的一些同事早就认识，所以他们很容易找到共同感兴趣的话题。对我来说，我最感兴趣的，就是我很快就发现了一个绝佳的去处，那就是安放管理的这个营业资料室。不知什么原因，供暖开始后，其他办公室都很冷，唯独资料室这间暖气很足。那时候还没有厄尔尼诺现象，没有暖冬，在我的记忆里，那年的冬天冷得早，冷得异常，以后许多年都没那么冷过。资料室几乎成了我度过那个寒冬每一个夜晚的唯一去处。开始我还拽着安放一起去，后来他干脆把资料室钥匙交给我。那个冬天，我是这样度过的：吃住在丝绸厂独身宿舍，大半时间都待在营业站，白天自然是在自己的办公室，晚上则去安放的资料室，我就在那儿看书，写信，还有胡思乱想。无论多冷的天，无论多刺骨的风，无论下多大的雪，每天晚上11点之前，我基本上都待在资料室里。

我已经不用每天都去收发室了。我早就摸清了投递员到局收发室的时间，大概是在每天早上的9点钟左右，我便在那个时间打电话过去，问的都是同样的一句话：叶师傅，有我的信吗？叶师傅显然听出了我语气中的迫切，他打趣道：小洪啊，是不是等你对象的信哪？弄得我很不好意思。通了电话后，就会提前知道是否有我的信来，我就可以在跑银行时顺路到收发室取信。上班的第一件事情，就是写进账单，然后挨家银行跑去存。紧挨着营业站的是工行，然后往南是建行、农行和农村信用社，建行和农行中间是邮局，路过邮局时我会去把信寄出去，等跑完农村信用社，我再折回来，从邮局的路口向西，到局收发室取信，再继续向西回到丝绸厂的食堂吃午饭。每天上午就是这么度过的。只要不下雪，天冷还没什么问题，从头到脚全副武装起来，骑上单位配发的那辆破自行车，总能赶上食堂的午饭时间。下雪天就不行了，全靠步行，回去时只好吃食堂剩下的残羹冷饭了。

那天，外边嘎嘎冷，偏偏收到的转账支票特别多，进账单写了那么厚一摞，还没写完。办公室冻手，我就到资料室继续写。安放在外面跟那帮同事扯什么我也不知道，不时传来嘻嘻哈哈的笑声。我恨不得马上就写完，但却没法集中精力干活。电话铃响了，听出是安放接的，然后他大声喊我的名字，原来是我的电话。是叶师傅打来的，说小洪你有四封信呢，怎么今天没着急呢。看一下时间，都10点多了，怪不得呢。我猜这几封信里一定会有斯漪的，心里就长了草，越急，越出错，写错了好几张。等全部写完，都快中午了，安放正好没事儿，就陪我一块去存支票。存完了工行和建行的，就中午了，若赶回丝绸厂食堂，恐怕也吃不到热乎饭菜了。哥儿俩索性给自己改善一下，找了一家小饭馆，点了一个猪肉血肠炖酸菜、一盘麻辣豆腐、一个甩袖汤，再加上刚从电饭锅盛出来的热气腾腾的米饭，两个人吃得喷香。

其实我是想吃完午饭先到收发室去取信的，但是眼瞅着1点钟了，银行已经开门营业，我们就按惯常的路线继续去农行和农村信用社存支票。然后才到局收发室把信拿到手，看到这四封信是大师兄、胖子、“亲家”和臭脚老五寄来的，却没有斯漪的来信，心里微微有些失望。叶师傅还让我把营业站同事汪泳的信也一并捎回去。回去是往北走，又是顶头风，我骑自行车，载着安放，累得呼哧呼哧直喘。到了营业站，手冻得像被猫咬了一样，都麻木了，不听使唤了。先不急着记账，而是把信一一拆开来看。那时候我已经练就了一种拆信的本领，就是用刀片慢慢拆，这样最终几乎能够保持信封的完整。这几封信无非是通报彼此的情况，问问下一步打算之类。最后这封信的字迹很陌生，我拆开以后才发现自己给拆错了。下午汪泳不在，我顺手把他那封信也给拆开了。我觉得很不好意思，就去资料室，跟安放说起这件事情。安放说，你又不是有意的，无所谓吧。我俩又开始一起研究这封信。仔细看时，写的是“转汪洋（收）”，原来是写给汪泳弟弟的。字迹很娟秀、工整，我想应该是个女生写的，而且这个女生跟汪洋一定有某种亲密关系。这么一闪念，我被一种好奇心和恶作剧的巨大力量所驱使，也不管那么多了，干脆把信打开来看。果然，先前的一些猜测得到了证实。这女孩的文笔不错，通篇都使用一种很温和的口吻，俨然就是在回忆他们俩之间青涩的爱情故事。两个人是高中同学，也很要好，就是早恋的那种关系吧。高考时她考上了大学去了外地读书，而汪洋却落榜，正在复读中。到后来，没有看到鼓励的话语，却变得有些闪烁其词。在信中，这个大一女生这样写道：“我不知道该对你说些什么，我没法给你任何承诺。即使明年你真的能够追随我来到这个城市，那又能怎样呢?”她还说：“一切随缘吧！其实只要我们之间有缘分，又何必在乎这些那些呢?”这个女生就像个哲学家，说的全是冠冕堂皇的话，精彩却又空洞。我把这几句念给安放听，安放说，嘿，女人有时候可真是聪明而狡猾呀！我附和道，是呀，所以只有女人能成为母亲而男人不能。当我把信照原样伪装好，忽然觉得这个轻飘飘的信封变得沉甸甸的。

这个寒冷的晚上，我一个人来到营业站资料室，继续写信，信中这样写道：

亲爱的斯漪：

见信如晤！我已经29天没有收到你的只言片语

了，不知道你的情况怎么样，也很想你。天真冷啊，你要记得多穿衣服，小心别冻着，别感冒了……

晚上我回到丝绸厂宿舍时，看到楼梯另一头女工宿舍那边吵吵嚷嚷、骂骂咧咧的，有一个穿军大衣的青年在敲门、踹门，还不断高喊着一个名字，好像是“郭艳”或者是“宫艳”。走廊里冷飕飕的，有人探出头来看看，又赶忙缩了回去。我回到房间，小高、小赵也正跟安放议论这事儿呢，也都弄不清是怎么回事儿，据说是跟搞对象有关。

从这天晚上开始，我失眠了。

不管天气如何寒冷，工作还得继续，扯闲篇也得继续。扯闲篇是玉城人悠闲散淡的基本表现形式。在丝绸厂宿舍，我们，小高、小赵、安放和我，时间长了，就混熟了，聊得也很起劲儿，话题不外乎工资、福利待遇、自学考试、女朋友、工作、未来打算，诸如此类。上班时，在营业站，只要我们一闲下来，也会天南海北地闲扯。天冷，感叹暖气烧得不热是最主要的话题。老于说得有些夸张，说今年还不算最冷的，说他有一邻居，那一年赶上了大冷天，出门没戴棉帽子，耳朵都冻僵了，回到家赶紧到火炉边上烤烤，结果一扒拉，耳朵掉下来了。不过今年这天也够冷的，老于开始编派小佟，听说那天你去上厕所，尿还没落到地上，就已经冻成冰棍了。同事们还张罗要给我跟安放介绍对象呢，看我们俩都不搭腔，才作罢。最关心的是涨工资的事情，这个话题长盛不衰。也谈起过老沈停薪留职对缝倒腾钢材水泥古董邮票之类，赚了大钱，等等。

安放讲的这个故事，全营业站的同事们都有耳闻，只是我没有听说而已。虽然各自的版本不同，但事件的脉络却基本一致，他们在安放讲述的时候还相互补充和印证。这个故事是安放在丹东电业局实习时亲耳听到的。

话说骄阳炙烤的六月天，在本溪的某个地方，有个老头儿进山挖药材，发现有一男一女两个人，吊死在一棵歪脖树上，马上报了警。警方经过现场勘查，发现了一封遗书，排除了他杀的可能性，最后的结论是自杀。

很快，两个人的身份得到了确认，正是不久前丹东失踪的那两个人。女人是市内供电局营业窗口的一名登记工，她长得又老又丑，性格也很孤僻，常常一整天都说不上一句话，同事们往往会忽略她的存在，用户们找她办业务时也都小心翼翼的。忽然有一天，女人却在一个男人的床上，被男人的女儿无意间窥破私情。从遗书中得知，这种私情已秘密保持了20多年。男人的女儿于是跑到营业厅去大叫大骂，骂得花里胡哨的，中心思想是这个老丑八怪女人勾引了一个好男人，这让她羞愧难当无地自容。她在遗书上写道，多少年来，一直在白眼和冷漠中煎熬，只有他从未嫌弃她，经常给她温暖和安慰，两人堪称知己，跟他在一起她才重具生命，才是一个真正的女人。女人说，既然这世道容不下我们，那么只有一死了之，但我们不后悔，有他对我好了24年，我知足了。

不久之后女人和男人离家出走，再也没有回来。遗书上说，她和他在漂泊的悲凉中享受着爱情的欢愉，直到生命最后一息。用一根绳索悬吊住两条鲜活的生命，那是他们在以死来抗争这命运的不公。他们最后留给这个世界的，是这样的声音：“我不怪孩子，她没有错！错的是我们……亲人们，永别了，保重！”

这故事虽然发生在炎热的夏天，但我如同薄衣单衫站在冰天雪地中瑟瑟发抖，内心似乎坠上了巨大的冰块，感到无比凄凉与沉重。这种感情为社会主流价值观所不容，可是最痛的伤害竟然来自家人，两个无辜的灵魂系于一棵树上，这实在让人唏嘘不已。

当天晚上，我在营业站资料室，给斯漪写了一封长信。信中写道：

亲爱的斯漪：

见信如晤！我已经46天没有收到你的信了。那天好不容易通过113挂通了你的长途电话，我又听到了你柔柔的、甜甜的声音，知道你一切都好，我就放心了。这个冬天太冷了，我不在你身边，你要多多保重自己。不过亲爱的，你还是给我写封信吧，别让我总这么惦念着你……

今天听到同事们讲了一个市局营业女工跟人私奔殉情的故事，这件事情在本溪和丹东都传得沸沸扬扬。心情很复杂也很感慨，不知为什么突然想起了《乐府诗集》中的一段，抄录下来，亲爱的，让我们共勉吧：

上邪！
我欲与君相知，长命无绝衰。
山无陵，江水为竭，
冬雷震震，夏雨雪，
天地合，乃敢与君绝。
…………

我遭遇的失眠，是一种前所未有的情况。我通常会在晚上11点之前，裹挟着寒气回到丝绸厂宿舍，有时候安放和小高他们都没睡，就随便扯一会儿；有时候他们已经熄灯了，我就蹑手蹑脚进来，脱衣上床，尽量不发出大的声音，免得影响他们休息。但是，躺在床上，我却是翻来覆去睡不着，开始还尝试着数数羊，后来连这个努力也放弃了。我变得毫无睡意。同宿舍的他们三个人都不打鼾，所以我睡不着也赖不着他们。其实也许根本就没有任何理由和原因，寒冬的夜晚，房间里很静，我都能听到自己的心跳声和翻身时被子窸窸窣窣的声音。更多的时候，我是一动不动，瞪着眼睛，仰望着天花板。尽管是在冬天，但还是觉得天花板上那个布满灰尘的蛛网上，偶尔有轻微的颤动，我固执地认为，一定是有一只蜘蛛在那儿冬眠，也许在不经意间伸了伸懒腰。我很焦灼，或许很亢奋，不知道什么时候入睡，有时候都能明显感觉到房间里的温度在一点点降低，因为供暖的锅炉到了后半夜就不烧了。连我自己都无法解释，早上我竟然会按时醒来，每天大约只睡四个小时左右，白天却从来没困过。这不是偶尔出现的情形，而是整个漫长而寒冷的冬天，我都会失眠。并且这个冬天，我居然从来没做过梦，而我多么希望，我的爱人能入我梦来……

那天10点多就回到丝绸厂宿舍了。因为停电，我在资料室点着蜡烛，写了一封短信，还有一首长诗（姑且称为诗吧）。我又一次看到了那个乱糟糟的场景，几个警察舞着手电筒，正把那醉醺醺的军大衣男子推搡到楼下去。这当然成为宿舍里又一次闲扯的话题。房间里冷，大家就用这个故事来维持着温度。小高梳理了一下事情的来龙去脉。原来这哥们儿是某部的司务长，和那个宫艳（不是郭艳是宫艳）谈恋爱没少花钱，两个人的进展很稳定，都要谈婚论嫁了。谁知等到商定的婚期临近时，两家竟然发生了矛盾，女方一家翻脸不认人，跑到部队去揭发他侵吞公款。这哥们儿也不争气，还真让上面给查出来了，他被除去军籍和党籍，灰溜溜回到玉城。他不甘心哪，于是天天借着酒劲儿过来闹，就想要回花在宫艳身上的那些钱。

那边安静下来，他们三个也都觉得大快人心，这下就能睡个安稳觉了。他们酣然入梦，只有我内心在翻江倒海，我躺在没有多少温度的被窝里，瞪大眼睛呆望着天花板上的蜘蛛网，不知道时间过去了多久。蓦地，我感觉心脏被一种前所未有的烦躁、亢奋、渴求、忧伤、虚无、憋闷、绝望给击中了，我居然满身大汗，仿佛身处桑拿房中，热气蒸腾，溽热难耐，张大了嘴，却喘不上气来……

多年以后，我开始经常出入玉城的大小洗浴中心，比较好的包括乐雪、圣水龙庭、潇雅、十洲云水、云龙碧水、祥和等。不知什么原因，无论春夏秋冬，我总是觉得身上黏糊糊、脏兮兮的，唯有不断地冲洗，才能保持某种干净，或者平静。每每在桑拿房里蒸得大汗淋漓时，我总会想起1991年的冬夜，那个寒冷彻骨却让我汗湿被衾的失眠之夜。我的心情以及当时的具体情境，都能从那时的日记和信件、诗稿中得到佐证。在某一篇日记中，我这样写道：是夜停电，在资料室秉烛夜读，并写诗及信各一。翌晨，鼻孔成二黑洞，自诩此亦为爱情也。

所谓的诗，就是《致C的诗之五：祈祷词》，写了一百多行呢，下面是节选：

那夜停电停水还停暖气
我饿着肚子在模糊的四壁里突围
白蜡烛的微光瑟瑟发抖
我幽幽的喟叹也结了冰碴儿

这个夜晚　我一万个心愿
全冻得更坚硬　更顽固
…………
请让我　在狂飙摇落之前
化为一件蓝色的风衣　温柔地围裹你贴紧你
请让我　在黎明莅临之际
披散一头蓬乱的长发　在你的山涧里沐浴
请让我　在浪迹天涯的岁月中
栽种一个忠贞的向往　于你丛芜而丰腴的处女地
请让我　在我们共同缔结的生命里
将一切都依托在你胸前　我真想酣睡
在无数的冬夜里　我因此　虔诚地祈祷——
别让我一个人走在北风里
别让我一个人独处这小屋
别让我久久听不到你的声音
别让我久久读不到你的来信
…………

（蛛神哪！我向你祈祷，请降隽永的吉祥喜庆顺遂如意……给我和我的爱人吧！只要能，我甘愿进奉我的身体，做你的牺牲……）

那封短信，当然也是写给C的，喏，也就是斯漪。从秋天到冬天，一直持续到春节后，我给她总共写了37封信，通常每一封信都在3000至5000字之间，总字数在13万左右。只有这封编号为34的信很短，才寥寥数语，抄的是“尾生抱柱”的典故。没有抬头和落款，全文如下：

尾生与女子期于梁下，女子不来，水至不去，抱梁柱而死。

——《庄子·盗跖》

那个春节过后，我中断了坚持了好几年的记日记的习惯。其实，不记日记也罢，有些东西总会刻骨铭心的，而另外的某些东西，还是让它随风而逝吧。多少年来，如果提起跟整件事情有关的，还有这么两桩小事儿，补记如下：

一、安放在第二年的夏天离开了玉城供电局，调到了新组建的盘锦电业局，去的还是物资科，干的是专业对口的工作。这是个很好的归宿。只是这么多年来，我们哥儿俩从来也没有唠过，他离开玉城，除了专业的考虑，是不是还有其他什么别的原因。从各方面的蛛丝马迹分析，我认为是有的，比如说，他是到另外某个地方去“安放”他的青春和爱情去了。

二、我还写了一篇小说，故事梗概是：一对恋人在大学期间相爱，毕业后，男生分配回W城某单位，而女生则分配到M城某单位。但是，为了爱情，那个女生义无反顾追随着男生来到W城。因为女生放弃了工作，两个人婚后过着清苦的生活，但在我看来，两个人的日子过得很幸福，很甜蜜。这个故事并非纯粹的虚构，主人公的原型就在玉城的建行，男的姓田，女的姓部。对于他们现实生活中的境况，我不敢妄加臆测，但为了对他们的爱情表达敬意，男的我给取名为田相如，女的给取名为部文君。这篇题目叫《当爱滴水成冰》的小说，后来并没有发表出来，现在连原稿都找不到了。

鞋带没系紧

背景墙

首先来谈谈他们这个圈子。在某种意义上说，当下的社会是由圈子构成的。同学同事同乡，战友网友驴友文友以及五花八门的发烧友，都可能结成一个圈子，圈外有圈、圈中有圈、大圈套小圈、小圈接大圈、圈圈相连、圈圈相通。圈子也不是一成不变的，也要历经试探、磨合、淘汰、补充、分拆、重组、反复、微调、稳定等数个过程。他们这个圈子，在玉城倒也常见，无非隔三岔五聚个会、喝个酒、唱个歌、烧个烤、桑个拿而已，属于兜里揣了几副炸便出来嘚瑟那种。当然，此圈子非彼圈子，总会有其独到之处，试概括如下：

一、这是个混合型圈，其中有同事，有同学，有战友，有男女搭配，关系较为复杂。

二、虽非大富大贵，却能小富即安，基本上都不差钱，或多少有点儿社会地位。

三、经过多年的洗牌，他们的圈子似乎更牢不可破了，外人很难再融入其中。

四、也许他们并不知道高品质的休闲生活到底长啥样，但他们大都同意这种观点：如果满足于把自己圈在玉城这个巴掌大的小地方，那看上去就不那么美了。

现在趁他们还没有出去撒野，来了解一下他们及其相互关系（排序无特别考虑，无须过度解读）：

高丽华：全日制法律专业硕士，读研时即通过国家司法考试，是玉城检察院公认的美女加才女。

曹国祥：高丽华的老公，警察，干的是国保，全称是国内安全保卫。这个警种可不像刑警、交警那么好理解，以至于老曹每次都要跟人费口舌解释半天。

张民广：国税局科长，长得矮胖，看上去敦厚老实。张新进说，民广你小子貌似忠良，只要抖搂抖搂，你肯定少不了埋汰事儿。据传，辖区内有家企业换了老板，各种明规则暗规则显规则潜规则还没整明白，就接到了张民广他们的通知，说要去看看账，吓得新老板急忙到处托人。

张新进：这个200多斤的大胖子倒不显得臃肿笨拙，因为他有一米九出头的身高。没有啤酒肚，但有一身膘，胸部相当发达。听说有人是这么奚落平胸女人的：嘁，连个好老爷们都赶不上！张新进可能就属于这种胸部上的“好老爷们”。他是检察院的一个副处长，高丽华叫他“肥哥”，其他人都随着董振伟喊他“老肥”。因为胖，睡觉时总是鼾声如雷，好在他媳妇儿王伟已经习惯了。

王伟：张新进媳妇儿。在建委下面一个事业单位当普通工作人员，有趣的是，上至建委主任，下至单位领导，都会经常来嘘寒问暖。她常常是一笑而过，她明白这显然是因为老公的缘故，而无法证明领导们是否真的体察民情、体恤下属。

崔凯：电力公司的办公室主任。圈子里的人说崔凯讲究，圈子外面的人说崔凯义气。姑且不去评价崔凯的人品，办公室主任这活其实挺好干的，花公家的银子，结自己的人缘。难怪崔凯的几个前任都先后提拔当了领导呢。

董振伟：振伟玉雕精品店老板。早几年离开玉城，说是去黑龙江种龙胆草，赚了不少钱回来。先在金龙大厦、后在玉雕会展中心置了档口，把玉器生意做得顺风顺水。

潘洗：自称边缘文人、混场的小说写作者，发表过一些作品，出版过一本集子。对于他的作品，必须用批判的眼光来看，拿回家尤其要注意放在孩子够不到的地方，因为很多文字“少儿不宜”。这家伙也疾恶如仇、快人快语，遇到不顺眼的人，绝对不留口德……总的来说，他在文人圈里像流氓，在这个圈里像文人。这个评价还算客观些。文人不是有两种嘛，一种是正常人，一种是精神病。潘洗基本上算是个正常人。

王德祥：某商业银行的信贷部主任。这家伙很忙，参加聚会时，总是晚来早走，好像他的事儿比联合国秘书长还多。这是可以理解的。后来在城边以他弟弟的名义开了一家棋牌社，门面毫不起眼，一楼铺面往外出租各类盗版书，二楼才大有玄机，设有电动麻将机若干部。特点是没有明码实价，看着给，据说有的赢家一转身就甩出几百上千块钱。

经过几年来的大浪淘沙，这个圈子基本上就剩他们这几个顽固分子了。

鞋带没系紧

关于潘洗跟孙平（柏莱）两人之间的交情，可以上溯到20世纪80年代末。那时候，两个人既是校友又是同乡，且都是酸文假醋的文学爱好者，臭味相投很正常。可以认为，他们在学校里组织的文学社团差不多就是今天某类圈子的雏形。后来，两个人多次提及哥儿俩的友情，在2008年出版的小说集《香味橡皮》中，潘洗至少有两篇小说（《村长看上了张小羽》《一串钥匙》）对此颇多描述。当然，我们还会在其他地方多次读到类似的文字。比如，在1995年母校校庆的献礼文集《蓝色信风》中，孙平有一首长诗曰《彩色之河》，正是献给潘洗新婚大喜的即兴之作。有鉴于此，当他们那个圈子几乎吃遍、玩遍了整个玉城，再以玉城为中心，向周围好玩去处比如大鹿岛、鲅鱼圈、千山玉佛苑等逐步辐射扩散，终于某一天感觉无处可去时，他们把目光投向稍远些的大城市铁岭，投向清河，潘洗的哥们儿孙平那里。

一般说来，到底哪里景色美、饭菜地道、服务到位，实在是个见仁见智的问题。时间长了，天下所有的山、寺庙、饭店大都是亲哥们儿、叔伯哥们儿、拜把子哥们儿，基本上长着一副雷同的面孔。所以，最重要的不是吃什么、玩什么，而是跟谁在一起吃、在一起玩。他们这哥儿几个显然还没有完全明白这个道理，就曾经干过大老远跑去登上大鹿岛，打了个通宵麻将，海鲜的味道还没怎么品尝就昏昏沉沉回到玉城的糗事儿。从这个角度看，别看他们一行七人（王伟、王德祥有事儿没来）冒着8月的酷暑驱车数百里，兴致勃勃奔赴铁岭清河，其实真没必要对此有太多的期待。历史的经验告诉我们，较高的期望值必然导致较大可能性的失落感。

“七彩家园”幼儿园老板孙平把哥儿几个带到清河水库，天热得紧，哥儿几个扑通扑通跳下水，纳凉去了。高丽华是唯一的女性，没带泳衣，就没下去；张新进胖，潘洗是旱鸭子，也没下水。三个人在岸边搭的伞下面看衣服，一边有一搭没一搭地闲聊，一边看水里孙平带那哥儿几个游泳、捉河蚌。高丽华肥哥长肥哥短地絮叨半天，潘洗突然心里动了一下，一个模糊的念头就此诞生了。

还算玩得尽兴，吃午饭的时间推迟到午后两点钟。就在水库边上的龙泉山庄吃的，这是当年拍摄电视剧《刘老根》时搭起来的外景，几年下来也有些破旧不堪。好笑的是，靠山边那几座所谓木房子，其实就是单片的木板墙而已，只是因为拍摄角度的缘故，才没有露出破绽。饭菜是农家口味的，山野菜味道不错，是冷鲜库保存下来的，像刺嫩芽，玉城的饭店也多的是。把捉上来的那些河蚌都杀了，掏出肉来煮了煮，蘸辣根或者蒜蓉辣酱吃，老实说不怎么好吃，有些硬。喝的是清河当地产的墨尼牌啤酒，口感还可以。吃饭时孙平叫来了清河电厂的两个哥们儿来陪酒，一个姓李，一个也姓潘。这两个家伙可不是善茬子，玉城来的自然也不能示弱，先是你来我往地碰杯，后来就直接吹瓶子了。有撸胳膊挽袖子的，有袒胸露臂的，有勾肩搭背唾沫星子乱飞的，那声嘶力竭山呼海啸的场面绝对算得上壮观。无数个轮次走下来，基本上都趔趄了。因为都高了，所以孙平安排的其他几个地方都没去成，直接回到碧水山庄酒店，冲了凉，休息。也是，他们出来，还真不是为了看什么景来的。

潘洗没睡，随孙平去了他经营的那所幼儿园。这个园算得上是整个清河区规模最大的民营幼儿园了。在孙平狭小而闷热的办公室里，两个人喝冰镇的矿泉水闲侃人生，偶尔冒出几句话来，貌似深刻却云山雾罩不知所云。忽然孙平提起一件事情，对了，你来之前叫我找找那本《蓝色信风》，好不容易找到了一本。虽然有些残破，却好过你一本都没剩下。

这本献礼文集是1995年母校校庆时潘洗、孙平他们弄的文学小册子，十多年过去了，翻箱倒柜却找不到了，只好向孙平求援。想起上面那些稚嫩然而无比亲切的文字，心里蓦地感觉有阵阵凉风拂来。

离开时，潘洗在楼梯拐角处一个踉跄差点儿摔倒。原来是旅游鞋的鞋带没系紧，绊的。晚上得少喝点儿，潘洗蹲下系鞋带时想。

旧作：《盛夏的游戏》

这件事儿牵扯到孙平、刘大林和我，以及大连读书写作会中一个叫杨恒顺的家伙。

这件事儿其实也挺简单的，把那两封信照录即可。不过在这里，我还是做了某些必要的交代和补充。

首先是杨恒顺的来信。这信不是写给我的，是写给孙平的。但孙平把信转给了我，连同里面所附的一份表格。虽然读来感觉疙疙瘩瘩的，但我还是耐着性子将信原封不动地抄录于此：

孙平君：

你好！匆匆一别，已半年多了，没有你的消息。你的最后一封信上说“到了那边再来信告知地址”，我几乎是天天都在盼望君的消息，却次次落空。总算上帝不负我的诚心，是大林君将你的消息带给了我。大林君在信中简单地提到了玉城的朋友，可我却如获至宝——孙平君又有消息了。

孙平君，不管怎么说，现在我们又将联系在一起，美丽的滨城大连，还有你真诚的朋友与同人，更有你的另一番事业。愿我们今后再度合作。孙平君，我们现在已经正式合法，定名为大连市读书写作会。名字无关紧要，重要的是我们大家都有了家，有了切磋技艺的所在。会刊定为《陌路人》，它将为陌生的朋友们架起友谊的桥梁。孙平君，这次扩大了范畴，从小说、散文、诗歌到读书笔记及影评……我们想把多种文学形式融入这本刊物。望孙平君多多赐教。

孙平君，敢向你提一个过分的要求吗？请将近照寄一张给我留作永久友谊的纪念吧。希望能够满足这一愿望。

春安！

友：竹石

这件事儿看上去简单，但说来话长。

事情因孙平而起。最初是在大连天津街新华书店，这位很有眼力的杨氏恒顺可能一眼就看出在文学柜台前流连不去的孙平像个文学爱好者的样子，就凑过去跟他攀谈。孙平报了个假单位，似乎是大工（显然有点儿拔高和忽悠），但现在是在大连经管校见习。后来，杨恒顺真的就在某个周末来找孙平了。孙平很机智勇敢，不知怎么弄的竟给搪塞了过去。再后来，两个人终于不可避免地见了面，而且把刘大林也扯了进去，跟杨认识了。杨恒顺和他的朋友们都是热情很高的诗歌爱好者，他们曾经筹划了好多次文学活动。有次他和两个女孩到经管校来送请柬，请孙平参加他们的诗歌朗诵会，地点好像就在“白天鹅”或者“小天鹅”的。这一回孙平躲起来没露面，至于为什么只有孙平自己知道。据说还有个细节，事后，孙平向替他接待了那几个客人的同学一个劲儿打听同来的两个女孩是否精致漂亮，并且颇有些悔意。说起来杨不止一次邀请孙平参加他们的活动，大概还说过“大连的文坛死气沉沉，很需要我们来一场革命”之类很有气魄的话。我在孙平那里读过他们的诗，很遗憾都没留下多少印象。

那时候我已经离开经管校，在玉城工作一年多了。听孙平说起这件事情，觉得有趣而好笑。我突发奇想，何不如此这般玩一个游戏呢？孙平也积极响应，愿意跟我密切配合。其时孙平已久未联络杨（按照杨的说法是半年），假称到锦州电厂学习去了，当然，其实他仍在经管校的校园里面溜溜达达。不过杨知道大林的地址，大林也装作很随意的样子透露了孙平的行踪——说又到了玉城。这出于孙平的授意，而这一切我是始作俑者。上面那封信便是在这种背景下，辗转寄到我手里来的。现在，箭头已经指向玉城，接下来的故事便由我来接续。我得回杨恒顺一封信，我当然也这么做了。

杨恒顺君：

我从玉城到锦州电厂参加短暂的培训学习，你的信就追到锦州去，可真有你的。不过很抱歉，因为忙，回来之后才复信给你，见谅。

登记表收到，很抱歉我只能将一张空表寄回，因为到目前为止，我还没有加入任何一个社团组织的打算。但我衷心希望你们的读书写作会能够兴旺发达。我也相信结果一定如此，你的这个很吉利的名字就是明证（笔名大约更坚固些）。对你们的《陌路人》，赐教不敢，但我希望能踏踏实实做点儿事情，千万别搞花架子。

遵嘱寄上照片一张。这可比不上那些故作深沉、花里胡哨的彩照，但他是我，是结结实实的孙平。

夜宴已经开始，你是否已写好请柬？

在一片荒地上，有两只灰白的驴（我真希望是马）在低头静静地吃草，并不理会周围田地里茁壮的禾苗。人谓之曰，这是些自觉遵守纪律的驴。

在骄阳炙热的时候，我希望有一场霹雳；等暴风雨真的来了，我又无限怀念起那一方真正属于我的晴空和朗照了。

杨君恒顺，抑或竹石，那么你呢？

握手并致夏安！

绝不辜负真诚的孙平

1991年6月12日于玉城

照片是孙平本人的照片。信寄出后，我把大致内容跟孙平说了，并说你根本就不在玉城，至于后来又怎么去了清河，你自圆其说吧。事情是你惹起的，你自己收场，我不玩了。游戏大致上就这么结束了。

此后，竟再也没有杨恒顺的消息了。真孙平和大林不知道，我这个假孙平更无从知晓。自那个炎热的夏季过去，已有四个年头了，每当想起这件事情，心里竟隐隐地有些不安。

我未曾与杨谋面，只是假借孙平的名义与他通了一次信，同他玩了个游戏，开了个玩笑。本以为这会很有趣、很刺激。应当承认，杨恒顺们是一群热情高涨、有才华并且敢说敢做的文学青年，但是坦率地说，直到现在我还是不能相信杨恒顺们真的能够扯起振兴大连诗坛的大旗。对于他们，我和孙平在那个盛夏谋划了一个游戏，终于使热情洋溢的杨撞了进来，并遭到我们不动声色的调侃与讥讽。这其实就是个骗局。我们不知道杨在接到了我的回信时是否仔细地对照了笔迹（尽管我和孙平的字迹很像），甚至更早些，他们是否曾经对孙平过于离奇机巧的故事产生过疑窦。也许他们被深深地刺痛了吧，而这其实正是我们的真实用心。对那些自视甚高、恃才傲物的人，是应该给他们当头棒喝并泼一盆冷水的，使他们警醒、冷静，踏踏实实做一些事情。然而，我们并没有看到这样的结果出现，因为杨恒顺们沉默了。

现在的事实是：四年来，杨恒顺们再也没有对孙平的那封信说什么，做什么，他们依旧沉默。也许，这种沉默包容了他们想说和想做的一切。

于是我记下了这件事情，就算是对那个夏天那个游戏那封信的一个解读吧。其中定有不甚了了之处，但那不关我的事儿，那得去问大林或孙平。

如今又是酷热难当的夏日，我偶尔就想，那个读书写作会是不是真的兴旺发达了；我还想有机会真的握住那个未曾谋面的杨恒顺的手，真诚地说一声：你好！

1995年6月于玉城

（注：本文选自《蓝色信风》，略有删节）

背　上

回到酒店，那帮家伙都缓过来了，曹国祥、张民广、崔凯、董振伟四个人支起麻将桌打上麻将了，高丽华在边上卖呆。见潘洗回来问张新进，她说肥哥喝高了，睡呢。

潘洗循着鼾声找到了张新进的房间，他根本就不用蹑手蹑脚进去，张新进只穿个裤头俯卧在床上，睡得是一塌糊涂，好像是为了伴和他那滚雷般的鼾声，他宽阔的后背上那些肥肉也跟着有节奏地一起一伏地抖动。

潘洗拿出一支紫色的彩笔（从孙平幼儿园带过来的），试探着在张新进后背上轻轻戳了戳，张新进吃痛扭了一下，却仍然用原先的姿势继续酣睡。潘洗放心了，很快在张新进那宽厚的后背上，炮制出一篇紫色的“情书”：

哎呀妈呀肥哥：

我老稀罕你啦！一见到你那高大的身材、壮硕的体格，我的心跳就会莫名地加速，怦怦地跳个不停；瞅你浑身胖嘟嘟颤巍巍的肉，馋得我直流口水，恨不得咬上一口，指不定满嘴冒油香死啦……

都暗恋了你1000多天的丽丽

潘洗邪邪地笑了笑，很满意自己的恶作剧。悄悄退出房间，卖呆看打麻将去了。

尾巴

张新进和高丽华两个人飞到了遥远的三亚，去度蜜月。

洗　澡

1

马跃耷拉着脑袋走出好远都没发现有人尾随。等他一拐出小区大门，就有两个人快速靠上来，一左一右夹住了他的两臂。马跃一下子从刚才那种沮丧和挫败感中惊醒，以为遇上抢劫的了，下意识左右看了下，是瘦高与矮胖的两个人。其中一个拿出个证件样的东西在他眼前晃了晃，说你别害怕，我们是警察，有件事情需要跟你核实一下，咱们到派出所去说吧。马跃大脑里一片空白，懵懵懂懂地跟着走了。

在东郊派出所一间简陋的办公室里，两个警察拿出纸笔开始向马跃问话。酒实在是喝得太多啦，思路都跟不上了，马跃呆愣愣地看着他们俩，半天没反应过来，自己怎么叫警察给整派出所来了。两个警察一老一少，瘦高的年龄大些，矮胖的年纪轻些，其实两个人的差别并不大，只是两个人挨着坐在一起，才显出强烈对比的效果来。两个都穿着便装，看上去不太像警察，尤其是那个矮胖的小警察，倒像个混入警察队伍的黑社会。马跃脑中灵光一闪，便给这两个警察重新命了名，瘦高的老警察是“警察甲”，矮胖的小警察便是“警察乙”。他突然间想笑，但没敢笑出声，使劲儿揉了揉眼睛，遮掩过去。警察甲问话时倒是和颜悦色的，他问马跃刚才干什么去了。马跃说没干什么呀。警察甲说，笑话，你什么都没干我们怎么会让你到这里来？马跃说这我哪知道，这要问你们自己呀。警察甲说，你知道，警察办案向来都是讲证据的，要不要我们把证据拿出来？我们都蹲守好几天了，错不了。马跃说，你们到底是怎么回事儿？干吗呀？我到底犯啥事儿了？盗窃啦？贩毒啦？还是杀人啦？警察甲说，挺明白个人，装糊涂是吧？反正我们也不急，要是一时半会儿想不起来就慢慢想，你就在这里好好想，咱们明天再说。警察甲仍然很和蔼，说看上去你是个有身份、有地位的人，要是不喝酒肯定不能犯这种错误，没少喝吧？白的啤的？马跃说我是喝酒了，确实有点儿多，可我没开车呀，再说开车违法归交警管哪……沉默老半天的警察乙一拍桌子，喝道：看样子你挺不老实呀，要不要我们给你提示一下？你是不是刚从新月小区4号楼1单元下来的？你是不是跟一个女的在一起？马跃说是呀。警察乙就嘿嘿笑了，这不就结了。马跃这下子才恍恍惚惚弄明白，警察是把他当成嫖娼的给抓起来了。

2

客人在一家饺子馆下车后，张东的肚子终于忍不住放肆地咕咕叫了起来。早上出来前吃的一碗大米粥、两个煮鸡蛋和一碟小咸菜，恐怕早就被颠簸成汗水，洒落在大街小巷上了。张东揉揉肚皮，心里盘算着再坚持一会儿，再拉个三十五十的，等挣够二百再吃午饭。虽说不过是一回三五块的小钱，但这个目标显然很容易实现，正值“五一”黄金周期间，街上人流如织，活好着呢。

但张东没有马上驱车离开，他的目光被那个喷绘招牌给吸引住了。招牌上的饺子胖乎乎白嫩嫩的，让人垂涎三尺，多像，多像媳妇儿饱满的乳房啊。中午就吃饺子了。想到饺子，张东不由得心中一漾。新婚的小两口初尝情爱的滋味，把张东逗弄得舔嘴扒拉舌的，常常赖在床上反复咂摸那滋味。他还觍着脸振振有词：好受不如倒着，好吃不如饺子，谁家过年不吃饺子？好吃，就让我一次吃个够呗。后来，每当张东想那个了，就跟媳妇儿说，吃顿饺子行不？“吃饺子”便成了两口子夫妻功课的暗号。年轻的张东正血气方刚，贪吃总是难免的。他本没有什么特别的嗜好，上网、打麻将、唱歌、跳舞都谈不上很着迷，因为开车的缘故，把酒也给戒掉了。所以，贪恋媳妇儿青春白嫩的身体，大快朵颐“吃饺子”，几乎成为张东唯一的娱乐了。

这种重要的娱乐活动却也不能经常搞。技术上的障碍其实很容易克服，虽说小两口一个经常值夜班，一个起早贪黑出车，但总会见缝插针饱餐几回。主要问题在于，媳妇儿似乎没有张东那么热衷于“吃饺子”，她常教导张东说，老公哎，好日子要慢慢过，好东西要慢慢享用，饺子也要一点点吃嘛，哪像你这么猴急的，再说你开车这么辛苦，别累坏了。有鉴于此，每一次“吃饺子”的机会都显得弥足珍贵。一般地，小两口是在早晨“吃饺子”，每次吃过之后，张东居然没有疲累之感，反倒一整天都精神焕发、精力充沛，看来媳妇儿这美味的“饺子”营养很丰富哇。

也许是对生活的热望在支撑着、驱使着张东吧。生活就是这样，困难总是暂时的，没有跨不过去的坎，没有蹚不过去的河。别眼红别人锦衣玉食的生活，美好的生活都是自己挣出来的。天上不会平白无故往下掉馅饼。趁着年轻，辛苦几年多挣点儿钱，虽然现在还租房子，但是买车的钱已经赚回了大半。照这样下去，再有一年半载就能把整辆车都挣回来，将来还得买个房子（租房子总有一种寄人篱下的感觉），换个车子，要个小孩，好好孝敬父母……都说司机是管方向和路线的，这话不错，全家幸福的方向和路线都掌握在自己手中呢。只要努力，生活总会慢慢好起来，并且会越来越好。

美好的生活在黄金般的5月1日这天向张东露出了慈祥的笑脸。还不到午后两点钟，张东已经跑了二百多块钱，这在往日，该是一整天的收入呢。张东决定歇一会儿，安慰一下频频向他提出抗议的咕咕叫的肚子。中街老百杂附近新开了家叫“开口笑”露馅水饺的，张东早就想去尝尝鲜，可这儿离“开口笑”也太远了，总不能为了吃顿饺子而空跑一趟吧？现在汽油这么贵。张东索性买了个盒饭简单对付了一口，午饭就这么解决了。开出租的吃饭没有应时应晌的，赶上了就吃。人要是饿了，吃什么都香，吃什么都是山珍海味。至于饺子，还是等媳妇儿回来再说吧。

忙活了大半天这才想起，好长时间没有收到媳妇儿的信息了，不知道现在走到哪儿了，就试着拨了遍媳妇儿的手机号码，里面却是个机械的女声：“您好，您所拨打的电话已关机。”怎么会关机了呢？奇怪。

3

马跃的确是从新月小区4号楼下来的。确切些说，他刚刚从一个女人身上爬下来。

接到小护士电话的时候马跃正请税务所的一帮人在“同一首歌”唱歌。这帮人个个都是爷，贼难伺候，总是横挑鼻子竖挑眼。马跃早就想请他们吃个饭沟通一下，人家答应在黄金周出来吃饭还算是给了他很大一个面子呢。晚饭之后再唱个歌、洗个澡当然是例行的节目。因为包房里面太嘈杂，中间打进的电话没有看到，出去想打电话时才看到两个未接电话，是个不熟悉的座机号码，回过去一问，原来是小护士！马跃心中一喜。这段时间早就惦记着找她来的，说是出去旅游了，白天还给她打过电话，却关机了，没联系上，这下子可好了。

我们都知道，马跃在“钓鱼”方面绝对是个高手。从他骑一辆破摩托车的时候开始，到把车子换成破切诺基，二手桑塔纳，再到现在这台华晨宝马，几年下来，马跃钓了许多女人并屡屡得手。试想如今这年头，一个能开宝马车的男人，想把他看中的女人哄上床能有什么难的。其实马跃认识小护士都好长时间了，那时候她还是个羞怯的小女孩，给马跃打针时紧张得半天都扎不进去，把马跃疼够呛。马跃就跟她逗，说妹妹要不改天我给你打针得了，肯定一点儿都不疼，保证让你舒服。小护士立即羞红了脸。没想到小护士对痞溜溜的马跃竟然颇有好感，两人就眉来眼去地联系上了。也亲了，也摸了，但小护士坚决阻止马跃突破她最后一道防线，他想亲自给小护士打一针的阴谋没能得逞。马跃渐渐跟她冷了，后来听说她跟一个“面的”司机结了婚。马跃对此愤愤不平。只是对她仍旧念念不忘的，后来便又把她捡了起来，死缠烂打，直到把她拿下。给小护士打了一针之后才发现这具青春肉体的妙处，所以马跃总想找个时间再复习复习那种感觉。现在，机会来了。

马跃叫来领班，把小费与包房消费先结了，然后回到包房，跟税务所的头头说，林所你领着大家继续玩，一切我都安排好了，我有点儿急事儿先走一步，改日我再请大家。那个林所长正跟人喝酒，只撂了句“马总慢走”就继续忙活去了。

跟小护士约的是卡萨布兰卡酒吧。马跃把他的“马车”开得嗖嗖快。头晕，胃难受！看来是有些多了。小护士看上去精神很好，喝酒很爽快，马跃也不管那么多了，两个人推杯换盏喝了许多。后来马跃实在喝不动了，手下的动作幅度就有些大，一双魔爪在小护士柔软的胸前来回划拉。小护士小脸红扑扑的，说哥呀，都10点多了，要不咱俩回去吧。

出来被风一吹，马跃的酒劲儿就上来了，马跃心里急，就把“马车”存放在酒吧。两个人打了一辆“面的”，跟着小护士去了一处房子。说是小护士一个朋友租的，黄金周休假回家了，正好拿来一用。

房内有些清冷，亮着几盏很昏暗显得暧昧的灯。小护士说，哥，快上来，盖上被子，暖和暖和。马跃爬上去，再次把手伸进小护士的衣襟里，触摸到一种柔软与温暖。小护士说，哥，你慢点儿，慢点儿。小护士身子弓了起来，把马跃抱紧了。马跃没有理会，把手向下滑去……马跃和小护士亲热之后坐在床头抽了根烟，撩开小护士那遮蔽了眼睛的长发，轻拍一下她的脸，走了。刚到门口，又折回来，从钱包里数出1000块钱，放在床头，说，买件衣服吧……

4

张东做梦都不会想到，自己居然会成为一个在玉城满大街跑的“面的”司机。

绊绊磕磕考上了大学，勉强混到了毕业，最后稀里糊涂就回了玉城。父母挖门子凿洞地托人，想在新成立的岫岩玉管理局里给儿子谋个差事，拐弯抹角搭了好几个关系，钱也砸进去不少，事儿还没有个眉目。张东干着急使不上劲儿，又不甘心在家闲着，索性出去找活干。换了好几个工作，私企文员、酒店接待、网吧管理员，哪个工作都没干长远。张东心气挺高，压根就没有扎下心来好好干，越干越没劲儿，钱没挣几个，气倒没少惹。张东满肚子火气没处撒，只好在自己的嘴唇上燎起一串水泡。

好在，张东很快从这种高不成低不就的消沉状态中走脱出来。挣钱才是硬道理，兜里没钱扯啥幺蛾子都没用。这短短半年的打工经历带给张东的，可能要比四年大学生活教给他的全部还要多。在铁板一样结实的现实面前，张东终于明白，自己得做点儿什么了。从小到大所有事情全由父母一手操办，张东无须操心，现在他得为自己的将来考虑了。张东的家境还算殷实，过一份安稳而平常的生活，似乎并无多大难处。但坐吃山空显然不行，总还要找点儿事情干。还不知道岫岩玉管理局的那份工作啥时候能成，经过几番激烈的思想斗争后，张东最后决定去玉雕大厦卖玉件。父母被张东这个疯狂的想法给吓着了。大学毕业回来却成了个摆摊的小贩，这成什么事儿了？好歹也得找个有保障的单位呀，再说都花了好几万块钱了，那不白瞎了吗？任凭父母苦口婆心，张东就是不为所动。看到儿子决心这么大，老两口拧了半天，唉声叹气地只得同意，还拿出10万块钱，给儿子做开店的启动资金。张东妈是个碎嘴子，便在张东耳边唠叨：钱都给你拿去做买卖了，将来娶媳妇儿就得靠自个儿了……张东不是个没心没肺的人，虽然不爱听这些车轱辘话，但他心里清楚，这钱肯定是老两口口挪肚攒存下来的，差不多是家里积蓄的大半了。唉！可怜天下父母心，他们从来都是为子女活着：年轻的时候要抚养他、教育他，直到他上大学，毕业了，还要操心工作的事情，工作找到了，还要娶媳妇儿，等娶上媳妇儿了，抱上孙子了，该安享晚年了，这时候自己也老了。

等一切准备就绪后，张东的玉器店却没能开起来。这几年，有关岫岩玉的喜讯接踵而来：连续数年被评为候选国石第一名，还有一颗新星被命名为“岫岩玉星”，玉城又刚刚被评为“中国玉都”……受此利好消息的影响，玉器生意异常火爆，随着各种玉件的俏销，经销玉件的档口租金也噌噌噌往上涨。去玉雕大厦踅摸了好几次，都没找到合适的档口，还不知道什么时候才有向外出租或外兑的，张东等得心焦，却也无计可施。

张东学开车纯属偶然。档口的事儿让张东很闹心，那天他正在大街上低头想心事，有一辆桑塔纳2000不断朝他鸣笛，开车的正是他的高中同学冯革。虽然人家没念大学，因为有个很厉害的哥哥在，就轻而易举地当兵转业后在电力公司当上了司机。张东心中不禁黯然，自己四年的大学生活真算是白过了。冯革拉着他上车，说正好没事儿，我带你上街转转，然后晚上找几个同学一起聚聚，喝点儿小酒。冯革最后把车转到了一所中学操场，硬是把方向盘交给张东，极力怂恿张东操练一下。张东对车不感兴趣，架不住冯革的热情，就按照他的指点，试着把小车发动起来，沿着操场跑道遛了好几圈儿，虽然慢些生硬些，倒也很有成就感。冯革说，张东你看，开车有什么呀？就这么简单。他还给张东支着，不如你考个驾照得了，反正你这段时间没啥事儿，闲着也是闲着，不如考个本攥在手里，说不定啥时候有用呢。张东果然去驾校学了好几个月，学得非常用心。等到驾照到手时，张东已经改主意了。他决定不开玉器店了，而是买了一辆二手的“大发”，美滋滋地跑起了出租。

说来也巧，张东把个漂漂亮亮的小媳妇儿娶回家，也跟他开“面的”有着直接关系。冯革有一套歪理邪说，比如他曾煞有介事地总结出关于“撞车”的两个要点：一、前面如果是美女就撞她屁股；二、前面若是老头儿就撞大树。张东不以为然，但这话在他开车上路不到一个月时竟差点儿应验了，张东还真的好悬就把人给撞了。不用说你都知道，他撞的是个美女，而不是个老头儿。

张东在经过玉城第一人民医院路口时打了个大大的喷嚏，他不由得想起了那次跟媳妇儿在这里初识的情形。那次就在这儿差点儿把媳妇儿给撞了。当然，那时候她还不是他的媳妇儿。那时候她只是个穿着白大褂急匆匆横穿马路的小护士，因为他的一个急刹车而吓得花容失色，很狼狈地摔了一跤，右臂还跟张东的“大发”来了个亲密接触。张东急忙把她送去检查，结果只是擦伤，并无大碍。张东自己也很后怕，却没流露出来，临走时还留下自己的电话号码，很男人地说一旦有什么事情，就打电话找他，他一定负责到底。后来，张东还真负起了责任，先是负责了一顿美味的烧烤，接着负责了好一阵子绵绵情话，最后负责置办了十几桌酒席，把小护士娶回了家——这就意味着，张东要对她的一生负责到底啦。

张东下午的生意出奇地好，一刻都没闲着：有一伙年轻人去东山公园踏青；有一拨外地游客去玉雕大厦买玉件；两个浓妆艳抹的女孩去超市购物；结伴进城买3D彩票的农村大哥；换地方继续吃喝的一帮哥们儿；一个满腹心事的清瘦女人……有个初中同学坐车（真该死，竟然记不得名字了）没打表，同学给了5块，他不要，同学硬塞给他下了车（其实若打表的话大概只需要3块钱）……加油站那个胖乎乎的穿粉红色外衣的女工可真逗，左脸上居然生动地分布着好儿颗雀斑，仿佛北斗七星……再打媳妇儿的电话，还是关机提示，张东隐隐地有点儿担心。

5

准确界定与小护士的关系看来是件挠头事儿。说是情人吧，显然还没到那种程度。之前也有许多女人跟马跃有过亲密接触，跟她们算是什么关系呢？小护士是好人家的孩子，这跟嫖娼更是差了十万八千里。

眼下最重要的恐怕是要从这种困境中解脱出来，但脑子已经有些迟钝了。他只有一个念头，首先得把影响缩小到最小范围，尤其不能叫媳妇儿知道，如果没有媳妇儿家族的支持，就没有自己的今天，要是让媳妇儿知道了，那麻烦可就大了。这帮损贼什么干不出来，让媳妇儿拿钱来赎人也是常有的事儿。其次不能给小护士带来消极影响，将来还想继续给她那鲜嫩的肉体“打针”呢。在派出所里面，硬扛着也是没用的，他们有的是时间跟你耗。要是找个熟人来说说看呢？别说，马跃还真认识个姓崔的派出所所长，这是个狠茬儿，当年曾经动用消防队架设云梯到居民楼里面抓赌，只因为其中一个人在酒桌上喝酒没给够他面子。也不行，跟崔所长也就吃吃喝喝的酒肉朋友，平时拍个胸脯吹个牛还行，上真章了未必好使，再说了一求人家竟然是这种事儿，那多没面子……警察甲很耐心地看着他，说要睡着啦？困了吧？想好没有？把事情说清楚，你就早点儿回家睡觉去吧，老婆孩子热炕头在等着你呢。

马跃揉揉脸镇静了一下，说，不错，我确实是从4号楼出来的，但我是从我女朋友那里出来的。女朋友？警察甲满脸讥讽，这一套谁都会用，一被抓了就说是搞对象、处铁子。警察乙打了个哈欠，插话说，我们已经盯了好久了，那是个小姐，据我们了解，她可有许多男朋友，不止你一个，如果要处铁子，我可奉劝你离她远一点儿。马跃的脑子没有转过弯来，怎么可能呢？你们一定是弄错了。警察甲继续循循善诱，语言中充满了同情，说其实男人都好这个，好汉做事儿好汉当，做了就承认呗，这有什么呢？我们也是没办法，这是我们的工作。我看你也是个有身份有地位的人，总不想把这事儿闹得沸沸扬扬，那多不好哇。一般出了这种事情，没说的，罚款5000块。看你也不差这些钱，你放心，交了钱，你就走人，保证什么事情都没有。都快12点了，马跃咬咬牙，心说豁出去了，就问，能不能再少点儿？我兜里没带那么多钱。半天都没吭声的警察乙再次拍案而起，大吼一声，你怎么还跟警察讨价还价呢？给你脸不要脸是不？你怎么不让小姐给你打个八折？马跃的酒醒了大半，忙赔小心，说，我没有那意思，我真是兜里没带那么多钱，真的，你们看，说着把钱包掏出来。警察甲脾气真好，还帮着马跃出主意，说要不给你朋友打个电话？马跃苦着脸说，我这里只有4700多。警察甲与警察乙交换了一下目光，说那也行，收你4500得了，剩下的给你当车费了。马跃点出4500块钱后手里只剩下两张大票了。警察甲似乎也有些于心不忍，说，兄弟呀，你也别怪我，我们就是干这个的，扫除黄赌毒，维护社会治安可是我们的职责，兴许哪天走到大街上咱们还能碰上呢，没准哪天我也会有事情求到你，不打不相识，咱们这也是缘分哪。警察乙绷着脸说，你走吧。

6

媳妇儿这次出去，张东开始是不太情愿的。媳妇儿一个人去苏州那边参加同学聚会，他心里竟有些不踏实，是那种莫名的紧张与不安。那天早上，媳妇儿已经穿戴停当，满脸都写满了即将远行的兴奋，张东心里突然有些慌，好像媳妇儿这是会情人去了，这一去就跟人私奔了似的，再也不回来了。张东竟淫心大起，色胆包天地捉住媳妇儿就按倒在床边。媳妇儿被这突如其来的变故给惊呆了，推拒着，扭动着，笑骂着，却也迎合着他的撞击……看来再好吃的饺子也应该偶尔换换口味，不能总吃酸菜肉馅的，或者萝卜丝馅的，可以吃点儿素三鲜的，吃点儿青椒馅的，或者西葫芦馅的。也可以换个吃法，除了煮着吃，蒸着吃也是可以的吧，如果像煮馄饨那样连汤吃，会不会别有一番滋味呢？……媳妇儿都走了七八天了，这意味着他已经有七八天没有“吃饺子”喽，好在，他知道媳妇儿今天就从北京出发往回赶，明天早上就能看见媳妇儿了，就能解馋了……张东心花怒放，下意识地哼出了声：中国的老百姓啊，今儿个真高兴，高兴，高兴……惹得副驾驶座位上的那个绷着脸的女人频频侧头用白眼瞟他。管她呢，张东只管哼自己的。

把那个冷艳的女人送到阳光美容中心后，张东把车窗摇下来，慢慢把车往回开。一边开，一边盯着人群，准备随时发现打车的人。开出租车的，头脑要清醒，眼神要够用，要能够迅速判断哪些是可能打车的人。行至最热闹的中心街路口，有一种熟悉的消毒水的味道顽强地钻进了张东的鼻腔，他接连打了两个猛烈的喷嚏，还有一个正在酝酿中的好不容易才被他抑制住。有些纳闷，附近也没有医院、诊所呀，这究竟是怎么回事儿呢？向外张望，忽然看到有个长发女人的背影，竟然很像媳妇儿，正疑惑着想追上去看个究竟时，红灯亮了。张东摇摇头，自己肯定是看花眼了。媳妇儿这个时候恐怕还在北京呢，怎么会突然现身玉城呢？这是不可能的事情。因为出门手机漫游贵，小两口商定只发短信，没有紧急事情就不打电话。张东一边慢慢等信号，一边在脑子里大体勾勒着媳妇儿出游的路线——对路线的熟悉已成为他下意识的习惯了。从媳妇儿发给他的短信中，能够知道她的大致行踪：玉城—北京（4月24至25日）→北京—苏州（4月26日）→苏州、周庄（4月27日）→苏州、太湖（4月28日）→苏州、义乌（4月29日）→苏州（4月30日）→苏州—北京（4月30日至5月1日）。

媳妇儿早上到达北京时发回来两条短信：

8：00的短信：已到达北京，好不容易买到回家的票，下午三点半的车，我还能逛上半天。

8：03的短信：老公，明天天一亮你就能吃到美味的饺子啦，嘿嘿……

估计媳妇儿此刻已经在火车站排队等候检票了，很快就上车了。怎么这么粗心大意呢？手机也不及时充电。但是不管怎么说，想到媳妇儿很快就要回家了，张东的小曲儿都兴奋得变了调：“……高兴！高兴！……啊——嚏！”

说来奇怪，去年冬天的那次小感冒，竟让张东患上了鼻炎。奇就奇在，他居然对花粉并不过敏，只对医院里那种消毒水的味道敏感。这可能是因为媳妇儿身上总是沾染了这种味道的缘故吧，即使媳妇儿把自己洗得干干净净，他依然能够从她身上感觉得到，哪怕是丝丝缕缕的极淡的味道。每次闻到这种味道，他便鼻子发痒，要打喷嚏，有时正在和媳妇儿“吃饺子”的关键当口，张东也会突然停下来，酝酿半天，惹得媳妇儿直抱怨。当然啦，这些似乎并没有影响到张东“吃饺子”的浓厚乐趣。

毫无疑问，一定是这个敏感的鼻子又遭遇到空气中飘过的消毒水了。在此之前，张东总是把这种敏感与媳妇儿联系在一起的。其实在医院、诊所工作的人多去了，在那里工作的人身上，甚至从那儿出来的病人和看望病号的人身上，都带有这种气味。天气这么好，没有人愿意留在家里，都到户外溜达来了。

晚饭是在父母家吃的，只是简单扒拉几口就出来了。又给媳妇儿打了个电话，还是关机，这让他心绪不宁。拉了个起步价两块钱的小活，眼瞅着就到地方了，竟然在一个超市转弯处，让一辆车给追尾了，把后保险杠和右侧尾灯都给撞坏了。是辆新的广本，开车的人喝了酒，醉醺醺地下来，破口大骂，张东不想惹事儿，只能自认倒霉。看来冯革说得不错，开车光慢还不行，你不撞人，人家还要撞你呢。好在并不重，花个三五十就能搞定。这辆“大发”虽然有些破，但也是他挣钱的工具呀，张东很心疼。心情受了些许影响，活也明显少了。以往华灯初上时总是活最好的时候，许是因为天气骤然变暖的缘故吧，人们好像更愿意闲庭漫步，更近地触摸这春天的气息。再说了，长假刚刚开始，急匆匆地干什么去呢。张东梳拢了一下心情，也不急，就在大街上慢慢遛着，也不刻意等客，遇到了就拉，反正今天的收入已经很好了。但回家的时间尚早，再拉几个活再回家。挣钱这种事儿也会上瘾，能多挣点儿就多挣点儿嘛，反正钱多了又不会咬手。

很快，幸运之神再次眷顾了张东。他谈妥了一个长途，去玉石村往返加等候100块。某种巨大的快乐紧紧包围了他，那支小曲儿一不留神又从他嘴边溜了出来：“……今儿个高兴，高兴……”回到玉城已经半夜11点多了。这一天收入颇丰，粗略算了算，刨去加了80块的油钱，竟挣了400多块，顶得上以前两天挣的了。因为心情舒畅，张东决定马上收工，去洗个澡，放松一下。

从前张东只在那种每人三块钱的大众浴池洗澡，今天他特别想找家桑拿浴奢侈一把。做出这个决定时他略微犹豫了一下。挣钱不容易，哪怕只是三块五块地挣，一点点地也就把钱攒下来了，可是要花掉这血汗钱，还真有些舍不得。张东最后决定到最近的这家“九洲云水”洗浴中心。听说那儿的水很好，是从仙人嘴温泉拉来的水，价格也便宜，每位只要十八元，并且人少，清静。

张东哼着小曲儿把车开到了“九洲云水”的门口停好。他要把自己身上一天劳累的臭汗与污垢都洗掉，干干净净躺在床上，等待媳妇儿回来。

7

马跃从派出所出来，被风一激，酒彻底醒了。寻思着给小护士打个电话，却发现手机不知什么时候没电了。他心里骂了一句，也没做停留，赶紧拦了一辆“面的”，想去蒸个桑拿，去去晦气。“乐雪”“潇雅”那里熟人多，还是去“九洲云水”吧，人少，清静。司机师傅很憨厚，好心提醒他，“九洲云水”就在前面不远，走着过去，几分钟就到了。马跃黑着脸呵斥他，你只管开你的车，哪来这么多废话！

果真就像专场似的，里面只有一个人，正哼着小曲儿在莲蓬头下面洗头。马跃泡在温热的池水里，想起了这个晚上发生的事情，无限的懊恼和耻辱涌上心头，他不由得大声骂了一句。

8

第二天，许多玉城人都对某桑拿浴发生的事件议论纷纷，并且越传越邪乎。有不同版本若干种：

1. 有个开“面的”的把一辆宝马车给蹭了一下，被宝马车主用螺丝刀给捅了，连肠子都捅漏了。

2. 与上面那种说法相反，是说开宝马的太牛、太欺负人了，开“面的”的忍无可忍，把开宝马的给捅了。

3. 有两拨醉酒的家伙在洗浴中心遭遇，话不投机，擦枪走火，其中一个被攮了一刀，差点儿攮死。

4. 两个人同时看中了新来的那个漂亮的按摩小姐，为争人而大打出手，结果双双住进了医院。

5. 洗浴中心的老板得罪了黑道上的人，被暴打一顿，大出血，正在抢救中。

…………

各种版本似乎都与暴力、“九洲云水”洗浴中心有关。

归心似箭的张东媳妇儿坐了一夜的车，在天亮时分回到家。她风尘未洗，急三火四地去了医院。在那里她知道了事情的大致真相：张东真是比窦娥还冤，他是无缘无故被打的，凶器竟是一把毫不起眼的劣质牙刷，伤口就在最柔软的肚脐眼部位。她望着躺在病床上昏睡的丈夫，默默垂泪，心中涨满了自责和懊悔。

张东醒来时已近中午，一睁眼便看见了立在床边的媳妇儿和父母。媳妇儿那张沾满泪花的俏脸上写满了焦急、惊喜，还有牵挂和担忧。他伸出手想摸摸媳妇儿那缕长发，媳妇儿立刻用一只手接住了，很自然地跟他十指相扣，紧紧握在一起。他抽了抽鼻子，想打个喷嚏，却牵动了伤口，疼，忍住了，只艰难地朝媳妇儿咧嘴一笑。张东感觉有些饿了，他特别想吃饺子。他蓦地想起那种风味饺子有个很美丽的名字，就叫“开口笑”。

绑　架

十几天后我们才知道，团长那天中午为什么吞吞吐吐只说了几句就匆忙挂断了电话。我们从刑警队那里获知，团长的儿子王遥被绑架了，我打进电话时几个警察正在他家里了解案情，并警惕地关注着绑匪的动向。

可当时我们哪能想到这些，我们还以为这小子老毛病又犯了。平日里说的比唱的还好听，又是秧歌又是戏的，可一到关键时刻就掉链子，团长没少干这样的埋汰事儿。用老田的话说，想让团长出血请客，还不如从自个儿大腿上割块肉来得痛快些。老田的说法固然有些夸张，但团长的钱包捂得比较紧，这的确是我们大家比较一致的看法。关于这一点，如果你读过我以前写过的那篇叫《煎熬》的小说，肯定会对他有个大概的印象，那便是对团长发迹之初的真实写照。也有哥们儿说不至于吧，此一时彼一时，团长现在又不缺钱，哪还能那么抠搜？再说了，这可是大家都定好了的事儿，怎么能说改就改呢？

大家都定好了的事情，是指我们每个人都要在自己过生日那天，请其他几个哥们儿，带着媳妇儿，好好出去撮一顿。饭局一般都设在晚上，男男女女加在一起差不多有20个人，得摆两桌的样子。酒足饭饱之后，让女人们回家督促孩子写作业去，我们这些大老爷们儿继续在外边撒野。也就是去找家歌厅练练嗓子，自然，少不得要找小姐陪着喝酒、唱歌。这已成了程式化的习惯打法，两年时间下来，弟兄们依然情绪高涨，一点儿都没觉得枯燥乏味。说白了，还不是冲着那些年轻、乖巧的小丫蛋儿去的，这可能才是我们心里痒痒的最想做的事情，大家对此也都心照不宣。至关重要的是，我们哥们儿之间的感情日见加深，必须承认，歌厅里那些小丫蛋儿功不可没。

如果还用老眼光看人，那也实在有些冤枉团长。我们这10个人中就数团长的生日最小，是在农历十月初九。刚开始那年团长就安排得相当到位，饭后不仅唱歌，还增加了一顿烧烤，算是个比较完美的收尾。这不，他又拍着胸脯许愿，如果时间赶趟儿，就再去桑个拿，一定要让弟兄们舒舒服服、干干净净回家。虽说团长名下的那个镁砂矿效益一般，主要是因为他有个腰缠万贯的姐夫，他不过是挂在他姐夫的斗子上挣点儿小钱而已，但是瘦死的骆驼比马大，他也算是我们这些哥们儿里的富豪了，我们也乐得趁机痛宰他一刀。

那一年的冬天来得早，玉城刚刚进入11月份，天儿就冷得嘎嘎的，是那种阴沉沉的干冷。那天临近中午时，老段打电话给我，先把冰冷的老天爷咒骂了一通，然后问我晚上的安排有没有变化。我说是团长请客，又不是我请，你直接打电话给他呗。老段说，谁不知道你军长面子大，团长基本上只听你一个人的。我心中窃喜，嘴里却还谦虚地说哪里哪里。

老段说得不错。我这人办事儿讲究个丁是丁卯是卯，所以一旦张罗点儿什么事儿，大家还真都给面子。以前哥儿几个聚会时经常文齐武不齐的，团长总借口忙，磨蹭着不来。对付团长我有招。我说让你来是带着嘴来喝酒的，又不是让你带钱包来买单的，你磨叽啥呀？一番敲打，团长有些不好意思了，忙屁颠屁颠地赶过来，出现在饭局上。这次轮到团长做东，他请的是大家，我把大家的事情揽过来倒也不是装相，而是因为我反复掂量过跟团长的这份交情。我想，我在团长面前说话好使，可能与我当年在极端困难的情况下借给他5000块钱有直接关系。团长经常挂在嘴边的就是“这年头”如何如何，但是，“军长讲究，他老人家在关键时刻拉了我一把”，云云。显然团长没有看到我那篇《煎熬》，如果他知道我在小说里面抱怨他不按时还钱，那他一定会像吝惜腰包里的钱一样吝惜对我的溢美之词了。

我之所以记得那天是13日，是因为每个月的14日是我们单位发工资的日子，多年来雷打不动，一般不会提前，更不会推迟。这个月总公司提前把工资款拨下来，我这个主管会计就自作主张提前把工资发了。总得把工作上的事情做个妥善安排，才能放心大胆地出去吃喝玩乐，免得第二天起来昏头涨脑的，容易出错。事后，我们都知道了，这不仅仅是单位职工喜笑颜开地提前领取薪水的一天，这一天，还发生了一起震惊玉城的绑架勒索案。2002年11月13日，农历十月初九，团长过生日，这天，他的儿子王遥被绑架了。

然而在当天及后来的十多天里，我们对此却一无所知。这说明警方在办案初期的保密工作做得很到位。那天午后一上班，我就拨了个电话给团长，问他晚上的具体安排，要是没什么变化，我可就通知下去了。只听团长压低了声音说，我现在有点儿急事儿，晚上的活动取消了，以后再跟哥儿几个解释，找个时间再补请。说完就匆匆把电话挂了。事后想起来，团长的声音有些低沉、沙哑，还透着一股焦躁、不安和惊慌。但我压根就没往别处深想。我在办公室给团长打电话时，二涛子和老田两个大闲人就坐在我对面。我一愣神的工夫，他们俩忙问怎么了怎么了。我感觉有些讪讪的，就像团长当面撅了我似的，勉强对他俩挤出一点儿笑容：得，大餐吃不着喽，团长说他有急事儿，今晚的会餐取消了。

我们三个开始分头打电话给其他哥们儿，相当耐心而又极其遗憾地通报了这个坏消息。顿时引来骂声一片。言语之间，我们三个都有意无意地将这把火引向团长。谁叫他言而无信呢？本来答应得好好的，说推就推了，这叫什么事儿呢！再说了，即使安排有变化，也得提前吱一声吧？大家都是交往了十多年的哥们儿，谁不了解谁，怎么还能干这种损出胰子的事情来，也太不讲究了吧……我猜团长那天一定会感到耳根发热，那肯定是哥儿几个在背后叨咕他呢。实际上他也的确已经心急如焚，但不是因为我们，而是因为他的儿子。

接下来的几天，哥儿几个只要聚到一块，准会议论这事儿。我们也都在猜测，团长爽约的原因到底是什么。说老实话，我们也不怎么相信这小子是临阵脱逃。我们也想到了好几种可能，比如他跟人结怨啦，比如家中突遭重大变故啦，比如遇到了重大商机啦，等等，但都一一被排除。最后我们将原因锁定为两点：一、团长跟他媳妇儿小邹同床异梦已多年，这小子是不是在闹离婚哪？二、最近这几个月，团长跟一个叫雪眉的小丫蛋儿打得火热，两人已经好得如胶似漆，据说雪眉已经珠胎暗结，又给他怀了个小团长。经过进一步的梳理，我们得出了一个初步的结论：十有八九，团长是因为跟雪眉的事情被他媳妇儿察觉了，两口子正闹得不亦乐乎，家丑不可外扬嘛，所以团长才瞒着大家。毒舌老田更是描绘了一幅活灵活现的图景：团长正跟雪眉在床上热火朝天地忙活着，被跟踪而至的媳妇儿逮个正着，于是，一场离婚大战的好戏拉开了帷幕……

我对这种猜测一直半信半疑。虽说现在这社会离个婚就跟撒泡尿一样容易，可不离婚，也没影响团长在外边找丫蛋儿。

不光在玉城，无论在什么地方，一个男人，特别是兜里有俩小钱的男人，身边领个丫蛋儿出来晃，这都是很正常的事情。家里红旗不倒，外面彩旗飘飘，说的就是这个意思。玩一玩，别过火，这有啥大惊小怪的。既然什么都不耽误，干吗要离婚呢？团长话多，除了闭口不谈自己兜里的钱，他那些陈谷子烂芝麻，随时都会从嘴里蹦出来，就连睡个丫蛋儿也要在哥儿几个面前显摆显摆，要是真离婚，也没必要这么藏着掖着。我们至少还能假惺惺地过去劝劝，没准还能给两口子找个台阶下。至于听不听，就是他自己的事情了。老张闹离婚时我们弟兄们倒是组团上门劝阻了，好话都说了好几火车皮，到头来还不是照样离了？离了还不是照样住在一起？

团长那边好几天都没动静，我们也不好再打电话催他。不就一顿饭的事儿吗？不吃这顿饭，还能把牙馋掉咋的，再怎么说，也不能为这么大一点儿小事儿把哥们儿感情弄夹生了。团长这人就这样，没办法。没准哪天这小子良心发现了，再补请一顿也是完全有可能的。关于团长请客秃噜了这事儿也就这么轻轻撂下了，直到大约一周后，雪眉打电话找到了我。

哥儿几个自然都还应该记得雪眉，她就是小张过生日那天会餐后，在滚石歌厅唱歌时，陪团长的那个姑娘。清秀，骨感，蜂腰，丰乳，豪饮，这些便是这个20多岁的海城女孩留给我的印象。当然，这个印象是后来跟雪眉熟悉了之后才逐渐形成的，她给我们的第一印象却极其恶劣。大夏天，别的姑娘都打扮得花枝招展的，就她穿一个小T恤，似乎也没化妆，嘟着嘴，一声不吭，只在一边抽烟，还把自己呛得直咳嗽。老田喝大了，骂骂咧咧凑过去，老妹儿啊，讲点儿职业道德好不好？哥们儿花钱是来买你笑的，可不是看你给我兄弟使脸子的。雪眉冷冷看了老田一眼，猛吸一口烟，又狠狠吐出去，什么都没说。老田大怒，抓起个啤酒瓶，你信不信我一瓶子把你脑袋给开了？还不给我快滚！雪眉竟然呼的一下站起来，噔噔噔，把门一甩，扬长而去。老田手一扬，酒瓶子追着雪眉飞到了包房的门口，摔得粉碎。大家一下子都站起来，大着嗓门问怎么回事儿。吵闹声惊动了领班，他急忙过来赔不是，说这个丫蛋儿才来，跟对象闹别扭了，心情不好，又不懂规矩，哥儿几个别和她一般见识，我再给这位哥换个温柔点儿的。我们都是这儿的常客，有几个哥们儿他们也惹不起，再说又是他们理亏，所以那领班只好一个劲儿地好言安慰。要是换了别人，进来两个膀大腰圆的保安就给你架出去了，再赏你两个耳光，临走，别把账单忘了。那天晚上我们借着酒劲儿都不依不饶的，最后不欢而散，但做东的小张可省下好多银子，包房费、酒水全免了，那帮姑娘看到要打起来了，也都做鸟兽散，哪里还敢要小费呢。先前请客的几个哥们儿心中不平衡，到底让小张又请了一次桑拿才算完事儿。

谁能想到，团长后来竟然会跟雪眉勾搭上了呢。等大家知道团长的“妹儿”就是滚石歌厅那个脾气暴躁的姑娘时，才恍然大悟，怪不得这个丫蛋儿有些面熟。我努力想回忆起那天晚上有没有什么苗头，却发现乱糟糟的根本没什么印象，光顾着吵吵闹闹喝酒了，只恍惚记得她是个板着脸坐在那儿抽烟的瘦瘦的小丫蛋儿，直到她甩门而去，我都没有仔细看看她的样子，整个晚上我的注意力全在陪我唱歌的姑娘身上，哪还顾得上管这些闲事儿呢。我们都很同情团长。团长也太没眼光了，再怎么也不能剜到筐里都是菜呀，只要有钱，高挑的、漂亮的、丰满的还不随便挑，我们就纳了闷了，肥肉、瘦肉、五花肉什么都有，团长干吗把一堆排骨当宝贝呢？可这世界上有些事情偏偏就这么邪门，他们俩到底黏糊到一块去了。好听的，管这叫“情人眼里出西施”，粗鲁点儿的，可就是“王八看绿豆——对上眼了”。起初，我们出去唱歌时，团长总是抄起电话打给雪眉，雪眉也是随叫随到，哪怕正在陪客人喝酒，她也会立刻撇了客人，有时连小费都不要了，俨然成了团长的专业陪侍。老实说，我们这帮人在出去玩的时候，找个感觉不错的、相对固定的姑娘陪并不奇怪。过了一段时间我们发现，雪眉已频繁地在团长身边晃来晃去，我有好几次在街上巧遇雪眉腻腻歪歪坐在团长那辆破普桑的副驾驶座位上，这才明白，他俩的关系已经相当不一般了。我马上打电话拷问团长，团长嘿嘿嘿只是笑。我能想象得到，电话那端的团长此刻露出了几颗大白牙，转过身去，幸福地望着身边的雪眉，雪眉嗔道：哥你干吗呀？这么色眯眯地瞅我？小心开车……

后来我逐渐发现，雪眉这丫蛋儿其实还是挺顺眼的。很瘦，腰细得简直就像一根铅笔，胸部也很小巧，就因为附着在骨感的胸脯上，倒显得颇为丰满。可能团长就稀罕这种骨感的丫蛋儿吧，我就不喜欢，怕硌手。除了这薄削的身材，雪眉给大家留下深刻印象的，就是能喝酒，不仅陪团长喝，也跟大家伙喝，整个五六瓶啥事儿没有。雪眉对老田一直耿耿于怀，老田遇上她算是倒血霉了，差不多每次都被灌得晃晃荡荡直翻白眼，却又碍于团长的面子，不好发作，最后老田都开始躲着雪眉了，实在躲不掉就揣几个药丸来逃避喝酒。我们也常常在边上煽风点火，看老田与雪眉拼酒，这已成为我们哥儿几个的一大乐事。歌厅里的姑娘，谁还没有两把刷子？脸蛋儿、嗓子是资本，酒量好也是一种资本。不过在我看来，更重要的可能应该是某种感觉。总的来说，选姑娘、见网友，就跟找情人差不多，关键是找对感觉。在我印象中，海城人心思缜密、聪明绝顶，来自海城的姑娘也都是有心机、善于算计的，但我直觉雪眉不这样。她也就是个咋咋呼呼、直来直去、没啥心眼的小丫蛋儿，清爽而不忸怩，还没有混迹欢场所历练出来的那种甜言蜜语、笑意盈盈、取悦于人的本事。

不知道团长是炫耀呢还是真的相信我，他经常露出他那几颗大白牙，嘿嘿笑着，跟我磨叽他跟雪眉那点事儿。团长说，雪眉这丫蛋儿挺可怜，跟对象黄了，一气之下就来歌厅了。团长说，雪眉不是贪财爱钱那种势利眼，这年头像她这样的姑娘可不多了。团长说，这丫蛋儿心眼挺好的，我给了她点儿钱，她都寄回家给她妈了，还挺孝顺呢。团长又说，军长你快给我拿个主意吧，雪眉这死丫头非要生下来，怎么弄？

简直是大洋河朝西边流了，团长这阵子好像突然间悠闲起来，他不仅经常出没于我的办公室，还经常请我出去坐坐，并且抢着买单。他自然会带着雪眉，我知道自己就是一只锃亮的大灯泡，有时把自己也烤得迷迷糊糊的。就在团长过生日的几天前，团长把我约到一家茶楼，很严肃地向我讨主意，他愁眉苦脸的样子很好笑。其实也难怪他发愁。雪眉因为身体的缘故，不宜做流产，按照大夫的说法，这个如果再打掉，将来就没法再怀孕了。一个执意要打掉，一个执意要生下来，事情就僵住了。眼瞅着都3个月了，幸好已入冬，雪眉穿着件蓬蓬松松的羽绒服，才把已经显怀的肚腹遮盖起来。我知道这主意可不好出，但我还是答应团长试试。雪眉接到电话一会儿就来到茶楼，她看上去好像更加消瘦了。我转弯抹角地帮她分析利弊，可说了半天也没有说到点子上。雪眉说，潘哥，你别说了，你是个好人，我知道你是什么意思。她朝团长冷冷地挖了一眼，说，我就是想把这个孩子生下来，我自己养还不行吗？谁都不用劝我，谁说都不好使！等团长追着气鼓鼓拂袖而去的雪眉走了之后，我自己想想，我这是何苦呢。

雪眉知道我的手机号码倒没什么，但给我打电话却让我有些意外。这么说吧，雪眉本来是某只锅里的，现在被团长盛到了碗里，那别人就不好染指了，至少我们哥们儿已经把她当成了团长的女人。雪眉属于团长，一般情形下，她只能打电话给团长，这就是游戏规则。可雪眉却没有这么多顾忌，她在电话里很着急，问了一大堆问题：王哥他怎么啦？是不是出什么事儿了？他怎么不接我的电话？我都好几天没看见他了。他也不是那种不讲究的人哪，难道就因为我肚子里的孩子，他就把自己藏起来了吗？

听得出雪眉火气很大，好像我就是团长似的。我耐心听她说完，告诉他我们这哥儿几个也都不知道他现在在忙什么，但他肯定是在忙什么大事儿，等他忙过劲儿了，一定会联系你，放心吧。

等他忙完了，孩子也生下来了！电话那端的雪眉冷冷一笑，让我心中一凛，一种阴森森的冷气从我的膝盖骨那里突突突冒了出来。

是呀，团长这小子到底在干啥呢？整得神神秘秘的！

这个问题其实并没有困扰我多长时间，几天后我们就被一一叫到刑警队讯问。我们从警察那儿得到了确切消息：团长的儿子被绑架了。

此前警察已经秘密排查了一轮，一无所获，便又扩大了侦查范围。团长的亲戚、朋友、邻居、生意伙伴，等等，一个都不放过，像筛沙子一样又过了一遍。这第二轮就把我们这帮哥们儿给罩里头了。警察问我们的问题大体都一样，比如：你跟王崇平时关系怎样？最近有没有什么金钱往来？知不知道他最近得罪了什么人？等等。还吩咐我们：为了尽快破案，希望暂时保密，如果想起什么线索，及时向警方反映。我想，警察办案肯定也是靠某种直觉的，他们打眼一看就知道我们这些人不会作案，所以没几分钟就完事儿了。倒是老张在那儿被盘问了半个多小时，因为之前有一天晚上他借着酒劲儿在电话里向团长兴师问罪，车轱辘话说了好几分钟，电话号码被警方监控，解释了老半天才被放回来。刑警队就在我单位斜对面，好多哥们儿完事儿了就聚到我办公室，大家伙都嘲笑老张：小样，让你嘚瑟，喝多少假酒哇，半夜三更骚扰人家，差点儿被当作绑匪抓起来，活该！开过玩笑后转念一想，团长的儿子还生死未卜呢，大家的心忽悠一下又悬了起来。

鉴于案情毫无进展，并且消息已经走漏出去，在案发之后半个月光景，也就是我们被刑警队找去问话之后第三天，警方决定将这个案子由秘密调查改为公开侦查。于是，各种各样的小道消息像雪片一样飞满了整个玉城，一时间闹得人心惶惶。几乎所有玉城人都知道，有个8岁小男孩被绑架了。开始是为这个孩子的命运担心，紧接着为自己的孩子担心，许多家长都接送孩子上学、放学，生怕自己的孩子一不小心也被绑了。

雪眉再次打电话约我那天是个周日，我刚刚吃完晚饭。媳妇儿收拾碗筷，女儿做作业去了，我靠在沙发上跟媳妇儿说话。因为是周末，我难得在家吃顿饭，媳妇儿做的又是我爱吃的酸菜炖猪肉，我吃得都有些撑着了，就表扬了她几句，说还是家里的饭菜香啊，还是咱媳妇儿的手艺好哇。媳妇儿撇撇嘴，家里饭菜好，那你们还总出去嘚瑟！神色却很得意。手机响的时候，我还没接呢，媳妇儿就告诫我，大冷的天，别出去喝了，你明天还要上班呢。说老实话，这种鬼天气谁愿意出去挨冻啊？可雪眉在电话中都要哭出来了，我想到同样心急如焚的团长，心一软，就答应了。媳妇儿听见了电话中是个女人的哭腔，狐疑地看看我，没再说什么，看我匆匆穿鞋往外走，她在我背后说，多穿些，暖和点儿！

回家后，我就把跟雪眉见面的经过一五一十对媳妇儿和盘托出，当然，我也是避重就轻有所取舍。说到底，我是为了团长才见雪眉的，我可犯不着给自己背上个黑锅。团长和雪眉的事儿在我们哥们儿中间早已见怪不怪，但也没有谁管不住自己的嘴回家跟媳妇儿说这些闲话。这也是一种默契。想想吧，一旦男人在外面有个风吹草动的，往往女人知道得比较晚，而且最后那个知道的肯定是当事人的媳妇儿。我媳妇儿跟小邹关系也不错，但我相信，她绝对不会把这些事情说出去的。有时候，保守某种秘密，其实是一种善意的保护。

考虑到雪眉的身体状况，我们约在她住处附近的一家茶楼见面。真别说，在哥们儿里，目前还真就我一个人知道，这个住处是团长给雪眉租的。我猜团长肯定很得意，忙累之余，能搂着个骨感小丫蛋儿睡觉，那简直就是神仙过的日子啦。设想一下矮胖的团长跟瘦削的雪眉在床上的样子，就像一只皮球在一块搓衣板上面滚来滚去，我忍不住想笑。但我现在却笑不出来了。

仙女雪眉很憔悴，她把自己裹在雪白的羽绒服里，显得更加柔弱无助。开始都沉默着。我点的绿茶已经续了一壶水，雪眉那杯热奶还没动，只是失神地望着小包房中的某处。良久，雪眉说话了。她说，我都快20天没看到王哥了，一张口，眼泪就在眼圈儿里打转了。

他家里出了这么大的事儿，自然不能分心来看你，你也得体谅他。说完我就有些后悔。这话听上去干巴巴的，没有一丝温度。无论换了谁，儿子被绑走了，是死是活还不知道，哪里还有心思想着女人？

潘哥，这个我懂，放心吧，这时候我不会去烦他的，可我就是太想他了，我真想见他一面，我也想安慰安慰他，这样下去，我担心他会受不了的，我心疼啊。可我又不敢给他打电话……雪眉啜了一口都快凉了的热奶，定定地瞅我：潘哥，你说我该怎么办呢?

被人信任可不是一件轻松的事儿。我猜，团长可能是因为比较信任我（当然，也可能是因为没有更值得信任的人了），才让我出面劝说雪眉把肚子里的孩子打掉，结果我无功而返；现在，面对着满面愁容、可怜巴巴的雪眉，我能给她出个什么样的高明主意呢?

说实在的，理智告诉我，正好趁这个机会，让雪眉把孩子打掉。这一则可让团长解脱出来，二来也让雪眉绝了那份念想。毕竟她不可能嫁给团长，这也是为她好。团长开始向我问计时，我曾经果断地告诉他，必须做掉！孩子生下来，你媳妇儿早晚会知道，你怎么应付?即便所有事情你都能摆平，可雪眉到底是你孩子的亲妈，你能不对孩子他娘牵肠挂肚?就算你离了，难道你真能娶一个陪唱的回家?哪怕她已经给你生了个孩子。刹车吧你，别到时候不好收场。

我早已不把雪眉看作混迹于欢场中的姑娘，她骨子里其实还是个好孩子，还保有善良的天性。眼前的雪眉只是个需要帮助的小丫蛋儿，男人总是怜香惜玉的，我也不例外。最重要的是，我帮她，那也是在帮团长。可是雪眉的肚子到底应该怎么办呢?我望着她，很小心地斟酌着说：雪眉呀，我是把你当作我妹妹，才跟你这样说的。我在想，要是我的亲妹妹摊上了这种事儿，我肯定也会毫不犹豫地告诉她，把孩子做掉！不管两个人感觉有多好，感情有多深。你还年轻，还有很长的路要走，你要冷静思考，想得周全一些，千万别冲动，到时候后悔就晚了。其实我还有一句话没有说出来：如果是我的亲妹妹出了这样的事情，我也会心疼。

雪眉只是用搅拌棒搅着杯中的牛奶，一味地摇着头，就是不吱声。团长怎么摊上个这么死心眼的人呢？但那一瞬间我分明有点儿嫉妒团长了。要是有这么一个动真情、讲义气、不贪财的小丫蛋儿跟着我，那我也算值了。

良久，雪眉说话了，她既像是在问我，又像是在自言自语，语调沉郁却又有些语无伦次。她说：王哥他是真爱我吗？他现在会想我吗？我想他。我是真想把孩子生下来，也不枉我和他好了一场，再说，我可能再也不会生孩子了。我就是想跟他好，我又没有逼着他要他怎样，我也没图他钱。我想见见他，潘哥你得帮帮我。我有办法让他答应我把孩子生下来。一旦他儿子有什么意外，我的孩子也是他的亲骨肉哇……

我跟媳妇儿躺在被窝里说起这事儿的时候，没有复述雪眉这个奇怪的、让人不寒而栗的想法，有些事情是一定要轻描淡写的。而另一些就需要大肆渲染，比如说，雪眉这个小丫蛋儿的种种优点。我说虽然雪眉是个陪酒的，但她却是个少有的、讲究的小丫蛋儿，我感觉她跟团长是真心的。媳妇儿开始是背对着我，现在把身子转了90度，变成一个舒展的平躺姿势，我知道，媳妇儿的气也逐渐顺了。

但她对我说的话还是有些不以为然，语气里面全是怀疑：照你这么说，这个叫雪眉的姑娘倒是女中豪杰了？如果真是这样，在那样的大染缸里还有这样的，还真是难得呀。对了，她肚里的孩子多大了？3个多月？再不做，可就来不及了。

媳妇儿微微叹了口气，不知道王遥现在是不是还活着，我看凶多吉少，唉！怎么就摊上这样的事儿了呢？小邹都快崩溃了……

媳妇儿又说，团长的事儿你怎么这么上心？你是不是也看上人家团长的小丫蛋儿啦？你可别趁火打劫呀！连团长这样老实巴交的人都找小三了，你能好到哪里去？怪不得你们经常深更半夜才回家，在外面捅捅咕咕的，敢情是有人啦，说！到底怎么回事儿？

我把手伸进媳妇儿的睡衣里面，一边嬉皮笑脸地往她身上凑，说，媳妇儿你还不了解我吗，我可不要那种骨感美人，我就稀罕你这样肉乎乎的……

关于这起案子，玉城人有着各种各样的猜测，不时还有人透露一下案件侦破的细节，小道消息几乎每天都在传播。老田跑到我单位，把门锁上，神道道地跟我说，军长，我怎么感觉这个案子跟雪眉有关系呢？我急忙打断她，你可别瞎说，这可是人命关天的大事儿，心里却咯噔一下子，那种似曾相识的、阴森森的凉气再次从我的膝盖骨那里咕嘟咕嘟冒了出来。老田说，我当然也没有什么证据，我就是凭一种直觉，雪眉那个丫蛋儿其实鬼精鬼灵的，根本不是个善茬儿，团长肯定是被她单纯的外表给蒙蔽了。我突然想起了什么，就问老田，警察找过雪眉了吗？老田反问我，你认为团长能跟警察说这事儿吗？谁知道呢，这还真不好说。我内心里突然有了一种不祥的预感，如果真是这样，那太可怕了。但我不相信这个案子会跟雪眉扯上联系。

我领着雪眉去见团长，更坚定了这种看法。我们悄悄来到团长家，用电话把团长叫出来。两个人都没有说话，在楼梯缓步台处紧紧拥抱，仿佛要把对方牢牢箍住，不肯撒手。我看到雪眉泪流满面，那应该是一种发自内心的真情流露，眼泪是骗不了人的。

回到单位，我一个人坐在暖气充足的办公室里发呆。以前在电视剧里才能看到的绑架案，如今就发生在我们身边，而且是我的好哥们儿团长的儿子被绑了。望着窗外斜对面刑警队的办公大楼，我一再想起老田跟我说过的话。我一直在犹豫，是不是应该到刑警队反映一下新的情况，那或许会对破案有帮助。可是，这怎么可能呢？

在12月初的那几天里，我备受煎熬，直到12月5日案件告破。

关于具体案情，各级媒体都给予了极大的关注，在破案后的一个多月里，有数家报纸陆续进行了报道。《玉城日报》动作最快，在2002年12月9日第3版，用一个整版推出了由特约通讯员沉涛、首席记者刘丹采写的长篇通讯，题目叫《邪恶的念头，罪恶的深渊》，对这起绑架案的来龙去脉及侦破过程做了比较详尽的报道。沉涛是玉城公安局政治处的干部，也是个作家，我跟他有些交往，我想他的说法基本是可信的。其他各家媒体的报道，都跟《玉城日报》的口径大同小异，在篇幅上也都不惜笔墨。某国家级大报在2003年1月14日的报道则比较简短，还不到300字，就像是用典型的新闻语言对案子进行了一次小结：

绑架杀害8岁幼童　玉城一罪犯被判死刑

本报讯（通讯员李萍　记者赵文良）因手头缺钱，竟然把邻居的8岁儿子绑架并残忍杀害，事后向小孩的家人勒索50万元。2003年1月6日，王洪庆被一审当庭判处死刑，剥夺政治权利终身。

王洪庆与王某是同楼门的邻居，因苦于没有开矿资金，便将黑手伸向王某的8岁儿子王遥。2002年11月13日早上7时，当王遥从四楼家里走到三楼缓步台时，等候在此的王洪庆用套帽套住王遥的头部，把王遥拖到自己家。王遥拼命挣扎着把套帽拽掉，王洪庆见已暴露，便凶狠地将王遥捂死。11月15日，王洪庆给王某打电话，告之其子已被绑架，向王某索要50万元现金。警方接到报案后经20余昼夜的侦查，终于将王洪庆抓获。

根据民间普遍流传的一些说法，我再披露几个在各家媒体的报道中未被提及的细节：

1. 王洪庆的最终落网，是因为他用自家的旧台历纸所书写的勒索信露出了马脚。一位高明的文检专家经过比对后明确指出，百分之百就是这个人了。据说王洪庆还扛了一宿，但到底没有扛住，招了。

2. 王洪庆将王遥沉尸东山公园微山湖的冰层下，当他带着警察指认现场时，差点儿被群情激愤的数千围观群众给撕成碎片。许多群众激动地表示，这样死有余辜的东西枪毙他都是轻的，应该一刀刀把他活剐了才解恨。

3. 法院以绑架罪判处王洪庆死刑，这个结果没有出乎人们的意料。人们普遍认为，王洪庆肯定活不过这个春节。果然，死刑判决很快被核准，王洪庆在坝墙子那儿被执行枪决。他被枪毙的那天是1月24日，腊月二十二，连小年都没过。

好多人都参加了1月6日庭审现场的旁听，那天玉城下了入冬以来的第一场小雪。说是小雪，其实只有一些零零星星的雪花在北风中飘来飘去。王洪庆被全副武装的法警押进法庭时，引发了一阵骚动，靠近前排的地方，是团长的亲属们，他们叫着喊着冲上去踢打王洪庆，被法警隔开。庭审时公诉机关运用了多媒体示范系统，当戴着红领巾、满面稚气、微笑着的王遥的照片展示在屏幕上时，现场哭声一片。听到王洪庆被当庭判处死刑时，旁听席上爆发出一阵阵热烈的掌声。

我在庭审现场竟然看到了雪眉。是她，没错。一身雪白的羽绒服，罩在她略显臃肿的娇小身躯上。她就在我身后不太远的地方，正痴痴地望着坐在证人席上的团长，神情专注而又恍惚。我想，她的双眼一定蓄满了晶莹的泪水。

这是我最后一次看见雪眉。

此后，我们这帮哥们儿过生日聚会的惯例就被打破了，我们甚至再也没有尝试着聚过，聚也聚不全，干脆算了。这定期的聚会一断，渐渐地，哥儿几个的感情也有点儿散，有点儿淡。

团长那次整秃噜了的请客直到今天也没补上，当然，再也不会有谁提起这个话茬儿。他现在可是真挣着大钱了，据说赶上了好时候，镁砂行情看涨，他忙得脚打后脑勺，终日见不到人影。如果你在玉城大街上看见一辆挂着黑牌“××888”的白色本田疾驰而过，毫无疑问，那就是团长的车子了。只要在街上看见我，团长定会停在路边，摇下车窗跟我打个招呼，然后郑重表示，这年头，除了咱哥们儿感情，别的全都是扯王八犊子，等我忙过了这阵子，咱们这帮哥们儿得好好聚聚了，军长你出面张罗，我买单。这话他说了好几次，我相信团长不是忽悠我，只不过他太忙了。

有一天，我看到车上坐着他们一家三口。小邹气色好多了，他们咿呀学语的小女儿正茁壮成长，团长呢，依然嘿嘿嘿笑着，不时露出几颗大白牙来。好几年过去了，从他们身上，似乎已经找不到一丝当年那起绑架案带给他们的创痛。这是团长一家新的幸福生活。

那天，我突然毫无来由地想起一个人，想问问团长她现在怎样了，可看到他们一家人其乐融融的样子，话到嘴边，又被我硬生生吞了回去。

对一颗美人痣的枯燥叙事

9月2日，星期日

我是在拥挤嘈杂的长途客车上接到老大电话的。

这趟从玉城开往鞍山的长客是每天最晚的一班。通常情况下，每到周日下午4点，我就坐这趟车去鞍山，等到了周五下午2点钟，再乘大客返回玉城，这种日子我已经熬过了一年多。像我这样一个人调到鞍山工作的玉城人有许多，在同一趟车上经常会看到许多熟面孔。人很多，就像一只过于狭小的锅下进去太多的饺子，挨挨擦擦难以转身，再叫车子一颠，皮都快挤破了。真是难以想象，这个卖票的女人有什么办法在过道里塞进去这么多人，并且还能在遇到查超载时蒙混过关。车上在放那种二人转的碟片，魏三、孙小宝们在那方小小屏幕中不知疲倦地耍怪，乘客们看得饶有兴致。我是头一天买的票，当然有座，坐在第一排最左侧，右座上是一个肥胖的小伙子，前面司机身后加座上塞了个打扮时髦的中年女人，我被他们两个夹在中间，蜷着腿，很不舒服。等车过海城向北驶往鞍山方向，我无遮无拦地暴露在夕阳下，整个人都昏昏沉沉的。

手机的铃音有些低，但我还是在机器的轰鸣与二人转的吵闹声中极其准确地捕捉到了那首名叫*Northern Star*的音乐。可能因为嗓门有些大，前边那个打扮时髦的女人皱了皱眉，很厌恶地把头别过去。不过，我可懒得搭理她。说实在的，我最近总盼望着老大的来电，因为我有一些钱在他的股票账户里，每当有利好消息他一定会告诉我。老大的目标是用赚来的钱帮我买一辆车，免得我如此辛苦地往返于玉城跟鞍山之间。不过，这一次他没提股票，而是吴宇档案的事情。我听了颇有些不以为然，说让吴宇明天到鞍山时再说吧。吴宇都快30岁的人了，也不是个小孩子了，不就取个档案嘛，这点儿破事儿还用找我，再说我最近也忙得很，公司政研会的论文检索弄得我焦头烂额。可转念一想，谁让我是他老舅呢，他在沈阳有他大舅照应着，到了鞍山，自然就得我照应他了。只是，现在办什么事儿都不容易，弄不好我真得找个什么熟人给说说才行，想了想，也没个头绪，便抬头看前面那个女人。

那个女人四十出头，脸上挺光洁，没什么皱褶。她穿一件深蓝色带花的连衣裙，胸口开得很大，背对着黄昏的天光，露出一大片白花花、暧昧的胸脯。这种看上去风韵犹存且不失几分优雅的女人，应该坐着有空调的好车、出入某些高档场所才对，干吗非得来挤车遭罪呢？借着这个侧面的角度，我放肆地盯着那片阴影看，把她给看毛了，她并拢双手遮住了前胸，恶狠狠地剜了我一眼。我心里嘎嘎嘎笑了起来。

9月3日，星期一

说实在的，我对吴宇档案这事儿还真是有点儿打怵。现在办事儿离了熟人就滞，不好使。本来很正常、很简单的事情，总会给整得很复杂，而有了熟人说情，多难办的事情也不过是举手之劳。吴宇是我亲外甥，他的事情就是我自己的事情，就是再难、再忙，头拱地也得帮着办妥。这没啥可说的。

上午，我在办公室利用检索论文的间隙，落实了两件事情：一、通过114查到了中小企业局（乡镇企业局改名了）的电话，根据电话问到了详细地址，接电话的那位办公室工作人员相当客气，告诉我是在前进路，人民银行对面，是老人大的办公楼。二、病急乱投医，我找到了我的作家哥们儿老崔，他早我一年从玉城来到鞍山，在某民主党派市委机关任组宣处长，没准他会有门路。果然，他还真有熟人在中小企业局，他党校的一位同学就在中小企业局任政策法规处副处长。我心中稍安。我盘算着，等吴宇来了，我带着他直接去中小企业局取档案，如果真有什么岔头，再找这位副处长出面说说，准没问题。

吴宇到鞍山时都快中午了，我俩便直接去单位附近的阿瓦山寨吃饭。听吴宇一说，才大致弄清原委。吴宇当年高考时分太低，在老大的协调下，总算勉强考取了沈阳工大。不过是定向的，是省乡镇企业局跟沈阳工大联办的，叫什么乡镇企业学院。我这才恍惚记起当年我曾经帮着跑过一次市乡企局，取过一张什么表格，不过我早忘记了，几年前的事情谁还记得清？吴宇总算争气，毕业后在沈阳折腾了好几年，终于通过了司法考试，老大帮着弄进了一家律师事务所实习，成了一名准律师。现在，实习期满需去司法局注册，而注册则必须有档案保管单位开具的证明。可没有档案谁会给开证明呢？所以得从中小企业局把档案取出来。本年度注册的截止时间是9月5日，也就是周三，只有两三天时间，实在有些急。我有些不悦，责怪吴宇，既然档案这么重要，那你早干什么去了。吴宇辩解说，几年前他曾一个人来过，但是人家不给，因为当时没有接收单位的介绍信，不过这回把律师事务所的介绍信带来了，这下子应该没什么问题了吧。我想也是，的确不应该再有什么岔头了。吃过饭后才12点，市内各机关都要1点以后上班呢，我们俩回到我住的宿舍，我上网看新闻，吴宇在我的床上睡了一会儿。

如果知道中小企业局离我宿舍这么近，就不用打车了。其实从我宿舍出来，经过胜利广场，从市政府和市公安局之间的那条街穿过去，很快就看到了人民银行，接着就看到了人民银行对面也就是路右侧的一座小黄楼，正是市人大原先的办公楼，现在有许多政府部门都在这座楼中办公。我也不是心疼这打车钱，怪只怪我对鞍山地形不熟，先前我还跟一帮哥们儿夸口，说自己对鞍山站前一带还算是比较熟的。这个司机也不厚道，才五六百米的路程，也不给提个醒，真是挣钱挣红眼了，很不爽，觉得浑身汗滋滋、黏糊糊的，心里有了种不好的预感。

在门卫处登记之后，我们先上到四楼，循着门牌，找到中小企业局的办公室，敲开门后，一个戴眼镜的中年男子，看上去像个负责人，得知我们的来意，告诉我们说人事档案由机关党委管理，不归办公室管，机关党委在三楼某某号。看来他不是上午接我电话的那个人，那个人可比他热情多了。不过，这人虽然有些公事公办的冷漠，但是也很负责任，我们俩道谢之后，来到了三楼。

机关党委的办公室中摆了两张对面桌，有一个女人在忙碌着一堆表格。她看上去还不到30岁，整个人感觉比较清爽、干练，尤其是在两眉之间位置偏左的那颗美人痣，更让她显得妩媚而生动。为着叙述方便，我姑且称之为小A女士（在下文还会出现这种以字母为代号的称呼）。小A女士很客气地问明我们的意图后，说真不巧，管档案的B姐出差了，还没回来，不过快了，就这两天。小A女士的声音也好听，语速慢而柔和，我试探着跟她商量，能不能告诉我们B姐的手机号码，我们想冒昧地跟她联系一下，看看怎么办才好，因为事情实在很急，等一会儿还要赶回沈阳呢。小A女士看了看我们，显得有一点儿迟疑，说这个不好吧，人在外地，接听电话是要漫游的。架不住我跟吴宇一番恳求，她就试着拨了个号码，估计是B姐的手机，通了，却没人接，便朝我俩抱歉地笑了笑。怎么这么不巧，管档案的人就出差了呢，我心有些凉。过了一会儿，有电话打了进来，正是B姐，说是刚刚回到鞍山，正在来单位的路上，她让我们等一会儿，马上过来。我们就等。这时候来了个老同志，咨询退休工人涨工资的事情，小A女士也很耐心地接待了他，说工资也是B姐管的，请等一下吧。见我们也在等人，老同志便絮絮叨叨讲他的工资怎么怎么回事儿，我哪有心思听他讲。

约半个小时后，又来了个年龄稍大的女同志，便是B姐了。吴宇又把关于取档案的事情跟她说了一遍。B姐说在她印象中，手头并没有这份档案，因为她新接手档案管理工作，并没有跟前任交接这部分档案。不过B姐极负责任，她从抽屉里翻出一串钥匙，把档案柜打开，从中抱出好多个档案盒，摞在办公桌上，一一查看档案目录，小A女士也过来帮忙。里面属实没有吴宇的。我心里也有些发毛，看到B姐忙得冒了汗，那位询问工资的老同志还不时在旁边插嘴，便请B姐先解答老同志涨工资的事情。老同志心满意足地走了，B姐这才坐定，喝了口水润润冒烟了的嗓子，重新捡起我们的事情。

她先跟她的前任通了电话，她的前任也不清楚具体情况，毕竟这事情都过去好几年了。吴宇说事情肯定是这么回事儿，我的档案肯定在这儿，因为几年前我来取过档案，但是没给我。B姐便让吴宇回忆一下几年前是谁接待他的。吴宇也糊涂，竟没有记住名字，但记得是个男的。B姐就问体貌特征、高矮胖瘦，吴宇说那个人身材很魁梧，挺帅的，好像是个领导，B姐眼前一亮，说那我带你们去找周局长吧，从时间上分析，应该就是他了，因为那时候他刚援藏回来。B姐不辞辛苦，领着我们上四楼，找到一位周姓副局长，但并不是他。不过周副局长知道招生这回事儿，当时经办的是一位姓李的工作人员，现在已是科技质量处的处长。从周副局长办公室出来，B姐给我俩指明了李处长的办公楼层。我跟吴宇再三感谢B姐，要是没有她的热情、耐心和负责任，我俩这趟真就算白来了。

在一楼的科技质量处，吴宇一见到李处长，马上认出了就是当年接待他的那位工作人员。李处长也不含糊，说不错，我对你有印象，但是档案已经不在这里，我已经转到市人才中心了，你可以到那边去查。李处长又说，这都是好几年前的事情了，你怎么不及时来取走呢？吴宇赔着小心，说一是接收单位还没有落实，二是因为真没把这个档案当回事儿。李处长很严肃地说，可不能这么小看档案的作用，这么说吧，你手头的毕业文凭，如果没有相应的档案记载加以印证，那就是白纸，关键时刻人家是不认的，你知道不？我附和道，是呀是呀。李处长还热情地把市人才中心的地址告诉了我们。

市人事局的地址我是知道的，我和吴宇打车来到体育场那边的市人事局，找到人才服务大厅，并且问明白了是9号人事档案窗口办理此事。这段时间正是高校学生办理毕业存档的高峰时间，那儿人很多，排了很长时间的队，等了半天才轮到我们，却是相邻的10号窗口（流动党员管理）那位头微秃的C先生接待的我们。C先生只瞭了一眼，说你这个介绍信不行，必须由接收档案的人才中心出具商调函才行。

吴宇拿来的是他所在的律师事务所的介绍信，据C先生的说法，根本就没法把档案取出来。我寻思着要是有个熟人说个话，也许就能通融一下吧，但在人事局咱也没熟人哪。办这种事情，还是像玉城这种小城市好，总能找到人拐弯抹角地拉上关系，把事情办妥。我突然想起一个人，玉城人事局的汪副局长，他是老大的高中同学，都是人事系统的，也许他能有朋友说上话呢。手机电话簿中还存有他的号码，电话通了，汪副局长正在开会，压低了声音跟我说，这个忙我还真帮不上，咱们玉城去鞍山取档案，也要凭玉城人才中心开的函才好使，这就是规矩，对不住啦兄弟，你再想想别的办法吧，别把事情耽误了。

这下子我俩都有些傻眼，想不到很简单的一件事情却因为一张函而轧住了。我就问吴宇，你在沈阳怎么不打听清楚呢？吴宇一脸无辜，说老舅哇，我不是没办过这种事儿吗？的确，怪他也没用，不管怎么说，人家的规定就是规定，铁板一块，动摇不得。跟老大通过电话后，决定让吴宇马上回沈阳，把那个什么商调函开出来，明天再过来。

9月4日，星期二

接到吴宇的电话时将近10点钟，他说他跟他大舅正在高速公路上，已经过了辽阳，即将到达鞍山，让我打探一下，人才中心中午休息不，如果顺利的话，取了档案就走，老大还要去北京开会，行前还有好多事情要处理呢。现在哪有中午不休的单位呢，又不是宾馆、酒店之类的服务行业，但我还是问了一下，果然和我们的作息时间一样，11：30～13：00午休。

老大本来要出差，如果不是因为吴宇档案的事儿急迫，他肯定不会亲自驾车跑一趟。我们直接去了人才中心，到那里时都11点钟了，在窗口办事儿的人还是很多。好不容易轮到吴宇，他把由沈阳市人才中心开具的商调函递上去，还是昨天那个头微秃的中年C先生接待的。他问有档案号吗？吴宇一愣，问什么档案号，我也没有哇。C先生说档案号就是档案的编号呗，没有档案号怎么查呀，你当初存档案时不是给过你回执吗？吴宇急忙解释这件事情的由来，一急就有些语无伦次，越说越迷糊。C先生不耐烦地打断吴宇，在电脑里敲了几下，说机器里没有吴宇的档案，便把那个函扔还给吴宇，忙着接待别人去了，把我们戳在那儿。

不管怎么说，午饭总是要吃的吧，我们仍去阿瓦山寨。老大对那个招牌菜“山寨鱼头王”很感兴趣，吃得喷香。一边吃，我们一边简单地把情况捋了一下。首先是档案号的问题。如果能有那个档案号就好了，可现在应该到哪儿找这个档案号呢？吴宇认为沈阳工大肯定有，可是都毕业五六年了，查起来难度极大，而且时间也来不及了，再说了，即使有档案号，也未必就能查到，现在连档案到底是不是在这里都难说呢。从档案号入手的想法只得放弃。那就换个思路。我感觉还是应该回头去找中小企业局的李处长，必须从他那里确认档案移交的详细情况，只有从他那儿才能把这团乱麻捋出头来。于是立刻采取行动，结账从饭店出来，我们驱车去了中小企业局。李处长并未在办公室里，一问，人家吃午饭还没回来呢，是我们一着急，来早了。我跟老大在车里坐着闲聊，让吴宇在走廊里等着。过了好长时间，吴宇终于等到了李处长，还等到了一个确切的结果。李处长交给吴宇一张自己的名片，要他去找人才服务中心某部门的王主任，当年档案就是跟他交接的。当时王主任还给开了个回执，只是时间久了找不到了，他肯定知道具体情况，要是还有什么问题，再打电话联系他。

我们心里有了谱。只要找到王主任，便能确定吴宇档案的下落，如果档案在人才中心，我们手头还持有沈阳市人才中心的函，这符合有关方面的要求，应该很快就能把档案取出来，老大和吴宇就能顺利返回沈阳，去办接下来的其他烦琐手续。离下午上班时间还有十来分钟，我们从中小企业局直接去了人才中心，老大在车里小睡一会儿，我跟吴宇上楼去找王主任。

想不到，我俩没能找到王主任，因为他出国旅游去了，据说还得一周左右才能回来。他同一部门的一位D先生，正躺在办公室的沙发上午睡，被我俩吵醒，面露不悦之色。我跟吴宇小心地赔着不是，又把找王主任的事情原委说了一遍。D先生开始迷迷瞪瞪的，待听明白怎么回事儿之后，很干脆地下了断语：既然服务大厅查不到你的档案，那可能就是某批档案，我记得那批档案没有在电脑系统中登记。D先生说，不过，因为涉及别的部门，我不太好说话，你们也知道，这部门之间因为业务不同，关系很复杂。我频频点头，表示对此非常理解。吴宇更是言辞恳切地请他帮忙，D先生终于松口，说那我再帮你问问吧，就开始打电话，结果好几个电话打下来都没有结果。其中一个跟大厅头微秃的C先生说法一样，也是说没有档案号，就没法查；而另一个电话证实，某批档案是本年度转入的新档案，还没来得及归档，绝对不是五六年前的档案。D先生似乎因为找了一圈儿没有结果而感到很抱歉，他领着我们来到一楼大厅，从3号窗口查到了当年吴宇在这儿的报到情况。既然报到了，档案就应该在这儿。至于为什么电脑系统中没有吴宇的档案，D先生继续分析道，很可能因为吴宇是玉城的定向生，一般情况下，那他的档案就应该打回玉城了。虽然没有找到吴宇的档案，但D先生真是太够意思了，他帮我们分析了档案最可能的去向，也算有了新的收获。

档案没拿到手，着急回沈阳有啥用啊，干脆回我宿舍待一会儿，商量商量。我说，我宿舍条件很好，是中央空调呢。我还在宿舍中置了个冰箱，镇了好多酸梅汤，正好拿来解渴。老大虽然也有些泄气，但还是决定去我宿舍喝点儿酸梅汤，凉快凉快。回到宿舍，我跟老大说，再找汪哥问问吧，档案如果真的在玉城，那就好办了。于是再次联系上玉城人事局的汪副局长，我拨的号码，老大跟他通的电话，老大说小民子呀，你务必帮忙给查一下，谁叫咱俩是亲同学呢，这可是涉及我外甥前途命运的大事儿。两个人是老同学，自然极是熟络，汪副局长也热情，力邀潘处长回玉城一聚。老大说，如果档案确实在玉城，没准我真可能回去一趟呢。因为玉城作息时间是下午2点才上班，所以我们仨只好等着。老大闲不住，上网看股票行情。2点刚过，玉城那边的结果就反馈过来了，共查到两个叫吴宇的档案，一个是辽大毕业的，一个是锦州农校毕业的，可都不是沈阳工大的。显然是因为老大的缘故，汪副局长很认真，这个结果绝对没问题。

毫无疑问，吴宇的档案不在玉城。

我们都很奇怪，真见鬼了，吴宇的档案到底哪儿去了呢？老大说吴宇你自己就是个律师，实在不行，你就准备跟他们打官司吧。我说吴宇，看你这个破档案折腾的，不是只要复印件吗？干脆去大街上找办证的弄个假的糊弄过去得了。吴宇笑笑，那哪能呢。我们三个人都有些无奈，实在不行，只好等那个王主任出国回来再说，下次再注册吧，而下一次，可能就要等到明年了。

说话间，到3点钟了，股市收盘。老大说，这两天，我又帮你赚了个车轱辘。用股市挣来的钱买车，那再好不过了，心下窃喜。可一想到吴宇档案的事儿，突然又觉得很窝囊。老大和吴宇打道回府，我也没心思回办公室干活，就躺在宿舍的大床上发呆，心里很自责，总觉得吴宇的档案没有拿到手，是自己办事能力太孬的缘故，唉！

9月5日，星期三

本年度公司政研会征集了100多篇论文，经过两周时间的网上检索，确认有一多半的论文系从网上抄袭而来，更有甚者一字不易，把名字换成自己的就交了上来。现在的人们都怎么了？原创性都到哪里去了呢？虽说是天下文章一大抄，可怎么也得抄得高明些呀。如果最后把某篇网上的著名文章评为一等奖，那岂不成了天大的笑话。我把所有涉嫌抄袭的论文一股脑拖进“拟剔除论文”的文件夹中，心里还是愤愤不平，这帮家伙把我们这些评委当成什么了！

老大的电话就在这时候打进来了，他要我速去人才中心，到11号窗口找陈刚，提一个叫王某玲的人的名字，一切都好办了。看来事情在老大的周旋下又有了转机。我马上丢下手头这些乱七八糟的论文，打车去了人才中心。在大厅找到了这个叫陈刚的小伙子，把事情跟他说了。他很热情，说我知道我知道，王姐已经打过电话来了。问了我吴宇的出生年月，我只记得是1979年的，具体日期我就不知道了，我说要不我打电话问问？他说不用了，就在电脑中翻了一阵子，然后去档案库中找出个档案袋来，拿给我看。我看到了其中一页纸上贴有吴宇的照片，确认这就是我外甥吴宇的档案无疑。这其实只是吴宇当年报高考志愿的那个档案袋，外边还粘着写在沈阳工大稿纸上的一份什么材料。陈刚还把档案号抄给了我。

我在第一时间把电话打给老大，说档案是有了，但是没法拿出来，因为那个商调函昨天被吴宇带回沈阳了。吴宇手头一摊子破事儿走不开，而老大正在去往桃仙机场的路上，就要登机飞北京了。最后商定的结果还是去找陈刚，说这件事情十万火急，是最后一天了，请务必通融一下，先把档案带走送到沈阳，然后再把商调函送回来。陈刚想了想，说有王姐担保，行，不过要先把商调函通过传真发过来。但大厅这里没有传真，让我到王姐那里去接。

我这才知道王姐即王某玲，是市人事局某处的处长。我在人事局楼下的办事大厅找到王处长，说明了这件事儿，她说于主任都跟我说了，没问题的，等一会儿我再给陈刚打个电话。我把王处长提供的传真号码告诉吴宇，并从王处长这儿接收了传真件，谢了她，就匆忙离开。

回到大厅找到陈刚，不知为什么他却突然变得有些犹豫。我很恳切地说放心吧，绝对没问题。此时他又去后边接了个电话，说了好长时间。回到窗口，陈刚说那就这么办吧，要是出了事情，我就去找王姐。我满口应承着，心里火烧火燎，却又不能表露出来。陈刚又跟头微秃的C先生说了几句，C先生咕哝了一句什么，然后陈刚去库中把吴宇的档案找出来，要我在那个复印件上签上我的名字，还有单位名称和手机号码。9号窗口是个女同志，就称之为E女士吧，满脸横肉，眉毛画得粗而黑，看上去凶巴巴的，而且话说出来也颇不中听。她跟正在办理档案的一个女人显然认识，说趁早把他（指我）打发走得了，看着闹心。只要让我尽快拿到档案，说我什么我都认了。她让我在好几个表格上签上名字，又让我到收费窗口交费，因为之前没交费，每个月5块，一年60块，就按6年收好了。我心里不痛快，要是昨天能找到档案，这360块钱就不用我掏腰包了，当然给自己的外甥办事儿花点儿钱那是应该的，关键是心里窝得慌。把收费存根交给E女士后，她将粘在档案袋外边的稿纸部分撕下来放进袋中，再用一种极薄的纸把袋口仔细封好，然后啪啪啪盖上几个印章，看得出E女士业务相当娴熟。现在，吴宇的档案终于交到我的手上，这其实就是吴宇当年高考时的报考志愿书加上沈阳工大的一份什么材料而已，它显得轻而薄，皱巴巴的，那袋口上通红的封印鲜艳无比。我把吴宇的这份档案托在手中，心里顿生许多感慨。

中午将至，我顾不上吃饭，打车直奔长途客运站，买票，坐龙腾快客去沈阳。我跟吴宇约好，在市文化宫，也就是快客终点站那儿接头，我把档案袋交给他，他把商调函交给我。

9月6日，星期四

早上一上班，我就去了市人才中心，把吴宇档案的商调函原件交给了陈刚。他很惊讶，这么快呀。我笑笑，很真诚地对他说，谢谢你呀，我在电业局上班，如果有什么事情需要我帮忙，尽管吱声。

9月7日，星期五

在拥挤嘈杂的长途客车上，我一共接了两个电话。

这趟从鞍山直达玉城的长客是每天最晚的一班，如果错过了，就得从海城中转，再倒车去玉城。一般情况下我都坐这班车，这次因为开会耽搁了，没时间提前买票，只能屈身于客车最后面那排的加座。像我这样一个人在鞍山工作的玉城人有许多，在同一趟车上经常会看到许多熟面孔，到了周末也都扎堆地往玉城赶，有两个在工行上班的人还跟我点点头打个招呼。后排挤挤巴巴坐了5个人，我被安排在左数第二的位置，最左侧靠车窗的是一个香气逼人的年轻女人。虽然挤得伸不开腿，但我心中暗喜，这下子旅途不会寂寞了。正想好好观察一下这位芳邻，不想刚刚坐定，我这不争气的鼻子不合时宜地打了个大大的喷嚏。我抽了抽鼻子，好不尴尬，恰在这时候，手机中那首独特的音乐《北极星》响了起来。

“猴子”是我的中专同学，同学们大都弄了个本科攥在手里，而这小子懒，混个大专就停步不前了，偏又赶上个提拔的机会，便想了个招，照着我的辽大自考本科毕业证书做了个假的。他还要填张学生登记表放进档案，问我学习起止时间怎么填，我说自学考试哪有什么开学时间，你就胡乱编一个吧，不过一定要注意，学习时间肯定得超过两年，估计没人能在一年半内拿下自考本科文凭，千万别整穿帮了。随后我们还开了些玩笑。

车已开动，前上方的小电视上在放什么演唱会的碟片，主持人在那里声嘶力竭地煽情，加上发动机的轰鸣，实在太过嘈杂吵闹，我的声音有些大，说到兴奋处，还不管不顾旁若无人，惹得身边这位美女频频看我。

我转头向美女偷觑一眼，不由得吃了一惊。我感觉好像在哪儿见过她。她大约二十七八岁，穿一身白色衣裙，面容姣好，尤其两眉之间那颗生动的美人痣，更让她显得妩媚多情。真漂亮啊，我决定将其命名为P美女。在颠簸中，我频频向左转头，不住地打量P美女。她很会打扮，并且偏爱白色，连鞋子都是白色的。好像是一双薄薄软软的舞蹈鞋，鞋口处居然缀着漂亮的蕾丝，幸亏天气晴好，否则可就把鞋弄脏了。拎了个乳白色的皮包，松松垮垮的，里面似乎装了许多东西。玩的是一部白色的手机，横着在那里用指甲写字发短信。指甲修长，是做的美甲，上面画了些星星点点的白色花瓣……我总觉得她似曾相识，却想不起来在哪儿见过她。

对一个经常要在车上打发两三个小时的人来说，有美女在侧，无论如何都要算作是件好事儿。我在琢磨着应该怎样开口才能跟她搭上话，自然、得体而不显得生硬，最好能要到她的手机号码，有了手机号码，没准接下来就会发生点儿啥香艳的故事……这时候又是一阵熟悉的音乐响起，还是《北极星》，即使是在发动机的轰鸣声和车上碟片的嘈杂声中，我依然能够分毫不差地捕捉出这首歌的旋律。

电话是吴宇打来的，开始他说什么我听不清，我就大声问什么呀？他也大声说老舅哇，我注册注上了！看来我外甥从此就是一个正儿八经的律师了，我喜形于色，大声对着手机说，好，很好，好极了！

因为被我的大嗓门打扰，P美女面露愠色，她放下手中的电话，朝我这边狠狠地剜了一眼，却与我的目光噼里啪啦撞到了一起。此刻，我那色眯眯的小眼睛一定快被那片白给晃花了。她一愣，眉间那颗美人痣在那一瞬间似乎很忸怩地动了动，她白皙的脸庞突然泛起一片红晕。

我突然想起她像谁了。

玫瑰之旅

2月11日，22朵玫瑰：双双对对

无论如何，“芳邻”造访，都必须妥善安排好。

韦庄早年曾经当过办公室主任，公务接待经验相当丰富，迎来送往自然是轻车熟路的事儿。但是对于李季兰来海城，韦庄却颇费了一番心思。

按照国人的传统，只有过了正月十五才算把年真正过完，这才正月初九，而且是周末，大街上、空气中、人们的脸上都充溢着浓浓的年味，一切都还麻痹在春节的喜庆氛围中。在这个时候，李季兰路过海城来看自己，总不能把人家拒之门外。问题的关键在于，其实他内心也迫切想见到李季兰，那个让他心仪已久的“芳邻”，那个优雅、风情的女人。两个人也曾有过无数次关于见面的计划，多是着眼于韦庄去玉城看李季兰，也都曾心照不宣地期待着某个时刻或者某种仪式的到来，面对心灵深处的审视，他并不羞于承认这一点。

掂量再三，韦庄让办公室主任把住宿安排在海城大酒店。为了掩人耳目，吃饭自然不能在大饭店，韦庄在海城的地面上也算是个熟头熟脸的人物，那些好馆子恰是政商界精英会集的地方，碰见了熟人不好，会留下话柄。但太寒酸了也不行。李季兰是个优雅小资的女人，还是需要讲究一点儿情调的。实际上吃什么一点儿都不重要，这是人们大吃大喝了多少年才得出的结论，关键是吃个环境和心情，这才是硬道理。所以首要的条件就是就餐环境要好，最好是清静的小包房，且有舒缓优美的背景音乐在那儿淡淡地萦绕着。基于同样的道理，吃完饭后，还得找个咖啡厅坐上一会儿，再好好聊聊，大约到十一二点钟再休息。接待朋友大抵都是这个套路，所不同的是，如果是哥们儿来，还可以选择去唱个歌，或者再桑个拿，或者再吃点儿烧烤什么的。男女有别，女人可就不能这么接待了，何况是李季兰这样的女人。

这么安排妥当，韦庄跟李季兰通了个电话，问她晚上大概几点钟到，让她直接打车去那个饭店，因为还有点儿别的事情，不能去接她，很抱歉。李季兰说没关系，我又不是幼儿园的小朋友，需要家长接送。韦庄说，我应该登门拜访那才叫讲究，像你这样漂亮的女邻居来看我，我还没有在门口亲自迎接，真是失礼呀。李季兰就笑，说我这个芳邻是顺道上府，你不用那么愧疚。两个人又在电话里打了阵哈哈才挂。

通话的时候李季兰说她还没从鲅鱼圈出来，预计最快也得两个小时才能到达海城，时间还早着。下午单位基本没人了，这是过年期间的惯例，初七上班就说要收心，其实不过了正月十五，谁的心也收不回来。安排好手头的工作，就可以早早回家，走亲访友，打牌喝酒，干啥都行。正常下班时间到了，看局长坐着不动弹，办公室主任也没走。韦庄说这是我多年未见的一个老同学，肯定是一顿大酒，弄不好又得折腾到后半夜，不用车了，你先回去吧。把办公室主任和司机打发走，韦庄一边上网闲逛一边等李季兰。离约定时间还有半个多小时，韦庄离开机关大楼去饭店。

车不好打，正值晚高峰，春节期间还涨价了，五块钱变成了十块钱。好不容易上了一辆出租车，司机开得飞快，都想趁这大好时机多拉快跑，多赚点儿。韦庄懒洋洋看着车窗外，人、车、店铺、喜庆的对联、大红的灯笼，偶尔一阵鞭炮爆炸的声响……暗香浮动、烛影摇红、花团锦簇、美酒佳人、良辰美景莫辜负了……隐约感觉这个安排看似完美，但好像还缺了点儿什么东西。就在这时候，韦庄突然看到了窗外有个花店一闪而过，心里豁然开朗。他大叫停车停车，把司机吓了一跳，说还没到地方呢。韦庄丢给他十块钱，拉开车门就下去了。往回走几十米，看到了这家“馥郁花香”花店。

店员是个伶牙俐齿的小姑娘。她说，先生你今天来得正是时候，很多顾客都选在今天买花，马上就到情人节了，明天花就涨价了，差不多要翻一番呢。如果是送给你爱人或女朋友，我建议你就买玫瑰吧，今年时兴送粉玫瑰，粉色的玫瑰象征着爱心与特别的关怀，也可以理解为永远的爱。我看就送22朵吧，花语是“双双对对”或者“两情相悦”。包装绝对没问题，我们用的是本店专用的包装纸，你看看，就是这种，印着本店的商标，大方得体，够档次。我们还对新老顾客开展一项酬宾活动，凡买花的，都赠送一对小熊的布艺玩偶。卡片上写什么？什么都不写？好，就听你的。请放心，在市区范围内，我们会在指定时间按照你的要求送花上门。行，就晚上8点钟，把花送到大酒店前台，就说是617客人订的花，你确认不用送到房间吗？好的。让我算算，每朵7块，22朵是154块钱，零头抹了，只收你150块钱。钱正好，先生走好，欢迎下次光临！

2月12日，22朵玫瑰：两情相悦

早早就醒了，身边是空的，身体也空落落、轻飘飘的。大正月的，颠颠地跑到海城来见韦庄，李季兰觉得自己这个举动简直是疯了。

其实两个人早就想见面了，但他们似乎都在等待一个冠冕堂皇的见面理由。所以，基本上只是通电话，发短信，偶尔在网上联系一下。李季兰正值婚姻的“七年之痒”期，两口子的感情生活就像一杯温吞吞的白开水，不咸不淡着，并且显然会不咸不淡下去。况且两人没要小孩，原因是多方面的，要知道很多时候，孩子才是感情的润滑剂。客观地说，他其实是个相当优秀的人，却只是在玉城的某个单位谋了份闲职，撑不着，饿不死，好在家境殷实，也不差这几个工资。当年血气方刚的昂扬斗志很快被消磨殆尽，渐渐迷上了赌博，大小赌局来者不拒，白天晚上泡在麻将馆里。开始李季兰还规劝，生气，斗争，最后放弃了。他说得也对，我不抽烟不喝酒不上网不找小姐，不打架不斗殴不惹是生非不招灾惹祸，就这么点儿爱好你也要剥夺吗？李季兰也灰心了，从此两口子各玩各的去了。

别看李季兰能在很多场合表现出极强的亲和力，但她在玉城几乎没有知心朋友，心中的苦闷无人诉说。虽然才30岁刚刚出头，也常去做做美容和健身啥的，但青春岁月渐行渐远的步伐是无法挽留的，眼角那些小小的细纹总会暴露出许多年华易逝的秘密。但是，她身上散发出来的这种饱经沧桑的风情，对很多男人的吸引力却是致命的。在她的那几个朋友圈子里，那些老男人，那些小男人，都以各种明示或暗示的方式向她传递好感，表达爱意。有个木讷古板的诗人，写了一首情诗发表在

《玉城日报》上，据说这首诗是诗人鼓起勇气赠送给李季兰的。诗中这样写道：无论过去多少个日日夜夜/我都会坚守对你的痴情/用最深沉的爱恋/点亮心底的烛光……

李季兰却不为所动，因为那些人都不是她喜欢的，她更不喜欢那些人毫无创意的示爱方式，比如：认识你我很高兴；很高兴认识你；久闻芳名，今天一见真是缘分哪；什么时候你方便，一起出去吃个饭呗……诸如此类。尽管这样，她依然活跃于各种各样的聚会上，在这种人为营造出来的热烈气氛中，她端庄大气，巧笑倩兮，满足于扮演一个优雅而风情的小资角色。她在男人们的情意面前表现得游刃有余，奉行“四不主义”，即不主动，不回绝，不接受，不独处。这让很多男人心里痒痒的，以至于造成某种错觉，哦，有门；一转身却发现其实她跟别人也是这样暧昧，不由得妒火中烧。但李季兰什么时候给过你承诺呢？你只能隐忍不发。

这种状况在遇到韦庄之后有了微妙的变化。其实他们此前只见过一面，是参加省里的一个研讨会，碰巧在会餐时坐在同一张餐桌。在李季兰的第一印象中，韦庄是个儒雅大气、世事练达的男人，这恰好是她比较欣赏的类型。因为海城与玉城相邻，韦庄便戏称她是他的“芳邻”，互相留了电话。从第一次见面的时候开始，完全可以肯定的是，两个人彼此之间的好感是结结实实的，即便韦庄同样用了一个毫无创意的开场白，可是这有什么关系呢？重要的是心动。只要有心动，无论李季兰在多少男人之间暧昧穿梭，无论韦庄身边围绕着多少优秀女性，这些都可以像背景一样忽略不计。

开始是短信来往，后来觉得往手机键盘上敲字太慢，就开始打电话。聊的话题也五花八门。心情，工作，天气，爱好，理想，家庭，朋友圈子，仕途升迁，喝酒打牌，国际国内大事，股市，彩票，黑社会，情史，糗事儿……韦庄总有开不完的会，所以基本上只能是韦庄抽空主动打给李季兰，即便是很忙，他每天都会打个电话过来问候一下。渐渐地，李季兰对于韦庄打来的电话有了某种期待和依赖。有时候跟一帮朋友正在吃饭，她忽然走了神，出现了幻听，急忙拿起手机看是不是漏了来电或短信，惹得那些人不满，嚷嚷着罚她的酒。她认罚，此时也总有勇士冲上来替她挡酒。

后来，两个人的话题又开始集中于一个话题上，就是好久都没有见面了，必须找机会聚聚。既然是邻居，总要走动走动，要不就生分了。通常男邻居是应当主动拜访"芳邻"的。可是韦庄忙，正绷紧了弦铆足了劲儿要再往上进一步，哪里敢有半点儿松懈。可是真的连会一会朋友的空闲时间都找不到吗？显然这个理由也不靠谱，就是个托词罢了。

这个春节李季兰过得很郁闷，这是她内心里的寂寞在作祟。就算她老公不是从初一到初八连打了八天麻将，正月初九这天上午，她也会忍不住给韦庄发条短信，问他忙吗。韦庄打电话回来问，她说去鲅鱼圈办事儿，回来时路过海城，要是方便的话，见一面吧。韦庄很兴奋，好哇，好，"芳邻"造访，我代表80万海城人民欢迎你。

李季兰开始了精心准备。从衣柜中挑三拣四，最后选定了那件棉旗袍。去做了个美容，配合旗袍变了个发型。把常用的化妆品塞进包里，想了想，又把那件红色刺绣的吊带睡衣也装进去。这是心照不宣的。她想起不久之前看过的电影《非诚勿扰2》，他韦庄不把自己当作主动送上门去的便宜给占了才怪呢。唉，这还要什么理由和借口呢，想了想，这不就是充分的理由吗？只是韦庄也许永远都不会知道，自己压根就没去鲅鱼圈呢。他肯定也会想我的，李季兰心里说，就像我想他那样想我。

两个人都没少喝。在饭店，韦庄喝了一斤女儿红和两瓶啤酒，李季兰只喝了两瓶啤酒；转移阵地到咖啡厅后，韦庄又喝了六瓶啤酒，李季兰则喝下了一瓶红酒。回到大酒店617房间已经快12点了。看到床头那束粉色的玫瑰花，李季兰有些惊喜，在坚硬的盔甲下面，她那颗寂寞的心蓦地变得软软的了。

这本该是一个充满激情的夜晚。酒精也会误事儿啊，准确的描述会有些尴尬，两个人只进行了一半。那种久违的快感被高高地抛起，悬在半空中，仿佛故事中的那只靴子，久久都不能落地。

2月12日，22朵玫瑰：祝你好运

设想总是被无法预料的变化所打乱。本来，韦庄上午要来补课的，不想单位临时有事儿，所以韦庄连给李季兰送行都来不了。李季兰把自己丰腴而风情的身子慵懒地摊在床上，心里五味杂陈。这一次竟然不是个完整的交付，下次，只能期望下一次，才能让靴子落地啦。一个人孤零零地回去，这是早就确定了的必然结果，但心里总是有些失落。

等起床梳洗穿戴收拾停当，已经是10点钟了。不知道这束玫瑰应该怎么处理，丢掉了怪可惜的，到底是韦庄一番心意；带着吧，大老远从海城带一束花回去，又实在有些麻烦。仔细查了查，是22朵，不知道送22朵玫瑰的花语意味着什么。送多少朵不重要，重要的是送花本身。李季兰收到粉色的玫瑰这还是第一次，以前倒是多次收到别人送的红玫瑰。花朵看上去煞是鲜艳，每一朵都是用塑料纸单独包装，然后再用一种浅褐色的纸张和一条艳粉的缎带包扎起来。这张纸上遍布着浅浅的玫瑰花图案，并印有“馥郁花香”的字样，看得出来经营花店的老板是动了心思的。靠近浅褐色包装纸的边缘，用别针别着一对布艺的小熊玩偶，穿着白色蕾丝花边的衣服，紧紧偎依在一起，虽嫌小些，做工却一点儿都不粗糙。想了想，李季兰把这对布艺玩偶拆了下来，小心放进包里，心说，这对漂亮的玩偶，算是我来过海城的纪念了。

如果没有接到苏释的电话，李季兰可能真的把那束玫瑰花丢在房间里了。苏释说，中午在府兴楼有个饭局，范围不大，兰妹妹可一定得来呀。李季兰便说，我在外地呢，正往回赶，苏大哥是不是有什么喜事儿啊，说来听听呗，让妹妹也替你高兴一下。苏释压低了声音，是这么回事儿，我弄上副校长了，已经谈过话了，但还没宣布，兰妹妹也不是外人，几个哥们儿想先庆祝一下。李季兰说恭喜恭喜，苏校长以后可得多关照。苏释正色道，还是叫大哥亲切，啥校长不校长的，务必早点儿回来，不管啥时候都等你。李季兰媚媚地应了一句，是，我的苏大哥。

发短信给韦庄，说什么时候来玉城慰劳你的芳邻吧。过了好一会儿，那面回短信说，遵照你的指示，去你那儿串门，我一定排除干扰，努力工作，要切实增强执行力，把各项工作扎扎实实落到实处。

打车回到玉城，李季兰直接去了玉城府兴楼大酒店。包括苏释在内，一共四男二女，都在等她。那几个人有李季兰熟悉的，也有不熟悉的，因为有些心不在焉，介绍了也没记住。玉城四中是省重点中学，苏释由后勤主任升迁为副校长，据说还分管后勤，实权在握，怎不春风得意，见李季兰还带来一束玫瑰，更是心花怒放。人逢喜事儿精神爽，酒喝得格外痛快。苏释最后舌头都大了，俯在李季兰的耳边说，哥今儿个高兴，不仅仅是因为弄上了副校长，更是因为兰妹妹你能特意从外地赶回来，你还，还送了我一束玫瑰呢。李季兰端杯跟苏释碰了一下，说妹妹只是借花献佛——借大哥的酒，真诚希望大哥你步步高升！

2月13日，19朵玫瑰：爱到永久

正式任命还没下来，苏副校长仍然是苏主任。学校还没开学，周日正好排到苏释值班。值班也没什么大事儿，转一圈儿就可以回家继续过年去。但苏释却在办公室待了差不多一个上午。桌子上放着一束粉色的玫瑰，正是李季兰送他的那一束。有的花瓣蔫了，苏释就把那3朵玫瑰抽出来，重新用缎带包扎好。吸了一口气，开始拨打一个号码。先是用办公室座机打，然后再用手机打，结果都是一样的：您好，您拨打的用户已将手机转移到中国移动来电提醒系统，稍后，我们将把您的电话号码发送给对方……

苏释拨打的那个人，是年轻漂亮的本校英语老师卞敏。直到晚上，苏释在绿城KTV唱歌时才接到卞敏的回话。她很客气地说：谢谢你苏主任，你的心意我领了，但我真的没有理由接受你送的鲜花，你应该把花送给更有理由得到的人，对不起。

2月14日，12朵玫瑰：对你的爱与日俱增

早上起来做饭时，殷桂瑛惊奇地发现餐桌上出现了一束粉色的玫瑰。花束的包装很精致，浅褐色的包装纸上印有“馥郁花香”的字样，就像超市的包装袋，都印有各超市的字号一样，也许那就是花店的名字呢。玫瑰一共12朵，不知道是什么

寓意。听说玫瑰的数量不同，对应着不同的含义，这就是“花语”。不管是什么意思，她心里总是暗暗高兴的。其实所有女人在骨子里都有一种浪漫的气质。她们都可能需要鲜花、红酒、烛光、巧克力、钢琴曲和绵绵情话。女人生来就是期待并享受浪漫的。面对男人的浪漫攻势，女人鲜有不脸红心跳耳热的。自己的丈夫竟然也表现出罕见的浪漫情怀，在情人节给自己送上一束玫瑰花！殷桂瑛心里暖暖的。这么想着，她找了个花瓶，把玫瑰花束插了进去。

这个世界就是如此奇妙。殷桂瑛做好了饭菜，喊苏释不起来，就进了卧室。看着丈夫酣睡的样子，想想奋斗了多年，才在年届知天命之时获得升迁，经年粗粝的内心一下子变得充盈圆润起来。想不到她居然有了一种冲动，便宽衣解带，红着脸跨坐在苏释身上。他们老夫老妻的好久都没有性生活了，这是多年以来殷桂瑛第一次这么主动，快感很快就淹没了她。

结果饭菜都凉了，只好重新热热再吃。

2月14日，11朵玫瑰：一心一意的爱

在玉城，有这样一些年轻人，一天到晚总是很忙，感觉比市长还要日理万机。那个手机总是哇里哇里唠个不停。开辆二手破车满街乱窜。信息比谁都灵通，谁谁谁卖玉器赚大发了，哪哪哪又发生了一起凶杀案。他们没有正经工作，但兜里总也不缺钱花。他们善于捕捉商机，用智慧为自己创造财富。他们换女朋友很勤，今天领的这个还叫不上名字，下回又换人了。

殷桂瑛的堂弟殷勤便是这群年轻人中的一个。他还有个特点就是自来熟，到哪儿都不会空手，都要顺手拿走点儿东西作为纪念，比如一支签字笔，一个一次性的打火机，或者半盒

烟，或者一些莫名其妙的小玩意儿，总之不管有用没用，都照拿不误。不知道从哪个渠道听说苏释升官了，马上来姐姐家，要找姐夫唠唠四中学生食堂外包的事儿。殷勤说姐，不是我要干，是帮个朋友打听的，只要姐夫关照一下，到时候少不了有许多好处。有好处不拿，傻呀？哪有什么风险，你对我比我亲姐对我都亲，我怎么会害咱姐夫呢。

干等苏释也不回家，殷勤接了个电话，说我不等了，喝酒去了。走时，顺手拽出花瓶中那束玫瑰，说姐夫啥时候也会玩这套浪漫了，正好送女朋友，省得还得买。殷桂瑛有点儿心疼，但也没办法。

苏释没回家吃午饭，是因为在另一场庆功宴上又喝高了，喝得昏天黑地，突然想起来给李季兰打了个电话。男人喝多了，总爱给女人打电话。他说妹儿啊，哥衷心感谢你送我的情人节玫瑰，现在，那束玫瑰在我的办公桌上开得正艳呢。

刚刚收到的这束粉色玫瑰共有11朵，花朵看上去也还鲜艳，每一朵都是用塑料纸单独包装，然后用一种浅褐色的包装纸和一条艳粉的缎带包扎起来。包装纸上的背景是一些淡淡的玫瑰花图案，并印有“馥郁花香”四个字，俨然就是一个名叫“馥郁花香”的花店的个性商标。

李季兰看着眼前似曾相识的玫瑰，媚媚地笑了，仿佛面前站着的，是那个叫殷勤的年轻人。他大大咧咧叫了声兰姐，情人节了，送你一束玫瑰花吧。

顺流而下

大黄是踢着云步晃进来的，一看便知又喝高了。哥儿几个忙打招呼，大哥大哥叫得这个热络。大黄哼哈应着，朝牌桌上瞭一眼，把通红的肿眼泡撂在肇老七身上，扯嗓门咋呼起来，老七你咋儿个跑哪儿去了？破手机还不在服务区？

肇老七语气一如既往地恭敬：我下了趟乡，大哥你来摸两把？

大黄也不客气，屁股一下子摔在椅子上，嘴里还磨磨叽叽不停。说还是电麻好哇，能多打两圈儿牌；又说就是太吵，没有猫叫好听。嘴瓢了，手也不利索了，打得颠三倒四。也邪门了，大黄上来打，下家金老三一把都没和，忍不住皱紧了眉头，把牌重重一推，说大哥你喝多了。

大黄一愣，脸色更紫了，晃晃头，站起来，说三儿，那你们玩麻将，我去洗个澡。走到门口时又回了下头，指了指肇老七，你小子真不厚道，好事儿也不带大哥一块去？是不是翅膀硬了，不把大哥放眼里啦？

肇老七急忙赌咒发誓地辩白，那哥儿俩也忙上来和稀泥，金老三阴着脸挥挥手，嘭的一声，就把趔趔趄趄的大黄给挥到门外去了。

肇老七昨天下乡，不是约会相好的，而是去了他家的茔地。老娘坟前的青草已长出一人多高，肇老七从本家亲戚那儿借了把镰刀，吭哧吭哧割了半天，把整个茔地都清理出来。完后，他坐在蒿草堆上开始抽烟，扔下一地的烟蒂。枯坐了半天，天擦黑的时候，肇老七冲着老娘的坟头重重磕了三个头，才如释重负般离开。

本家弟弟很惊讶。玉城的风俗是只在清明节和鬼节才给逝去的先辈上坟，现在阳历七月刚过，离阴历七月十五还有一个多月呢。肇老七说找先生给掐算的，必须来给祖坟清扫一下，才能保佑我发福生财。

在乡下亲戚的眼里，甚至在许多玉城人看来，肇老七的经历是个传奇。他连初中都没念完就出来混了，本是工地上的一个小工，因为脑子灵活，踏实肯干，几年工夫就拉起了自己的包工队，先从别人手里转包工程小打小闹，一点点把队伍发展起来，当上了名副其实的老板。据传肇老七挣着大钱了，身家怎么也得有成百上千万，但从他的车子、房子以及举止做派看，完全不像有钱人的样子。这当然与他的低调有关。而据接近肇老七的人说，他的开销用度大着呢，他差不多把钱都填在了赌和女人身上。

其实肇老七对打麻将并无特殊偏好，他自己从不张罗局儿。他主要是陪两拨人玩。一拨是有求于人家的。另一拨人，便是大黄、金老三这拨拜把子哥们儿。

大黄是老大，有个官方身份是教委主任。其他这几个，有经营餐饮娱乐的，有开矿的，有跑运输的，宋老五和肇老七都是做房地产的。他们七个结拜时也有意思，在当时的玉城传为笑谈。那时候大黄的事业如日中天，这哥儿几个一天到晚都围着他转。他不仅在文教系统好使，在整个玉城也一跺乱颤，加上他最年长，理所当然地成了大哥。酒至酣处，曾经研读过《金瓶梅》的大黄就说，咱们得玩点儿新鲜的，照当年西门庆的打法，根据实力和地位排序。大哥都发话了，其他人自然没意见。结果，肇老七并不是最小的，却成了肇老七。在他们中间，排位无论先后，都称对方为几哥，即便是白老二，也称肇老七为七哥。这是规矩。唯一的例外是大黄。社会上没有称他为黄老大的，都称他为大黄，虽然听上去颇像一条宠物狗的名字，但他却乐于接受。当然这是若干年前的大黄。经过多年打拼，如今哥儿几个的产业都有了新的发展。如果靠实力说话，那么金老三绝对可以坐上头把交椅了。盛传金老三短短几年聚敛了巨额财富。可能这就是他开始对日渐衰落的大黄不敬的缘由吧。

比起打麻将动辄输赢好几万，下象棋的赌注可以忽略不计。肇老七是个臭棋篓子，好在地摊跟人玩残局，输过无数次，但他就是不服气，屡败屡战，屡战屡败。后来生意摊子铺大了，应酬多了，玩的机会少了，但他依然乐此不疲，还会忙里偷闲找人下几盘。

说实话，肇老七也就能在棋盘上品尝一点儿小小的胜利果实罢了。多少年来，肇老七干的差不多都是吃亏的事情，打麻将老输不算，连拿地皮都是些犄角旮旯儿，每次五哥都能捷足先登，把黄金地段弄到手。在这个实力为先的年代，人家有能耐，就吃肉呗，咱熊，只好喝汤啦。如今汤里油星也不多了，肇老七把大把的钱都砸进了建材大市场这个项目，眼瞅着血本无归，银行和放贷的都绕着他走，不敢再贷款给他，公司已处在倒闭的边缘。肇老七在外面打肿脸充胖子，心里却明镜似的：这样下去，连自来水都快喝不上溜儿了。

跟热衷找女人的大黄比起来，肇老七的几个女人根本不算什么。都说他有仨媳妇儿，这话也不假。大媳妇儿就是原配，跟他生了个女儿，可他一直想要个儿子，就这么过了几年，没办法，离了。二媳妇儿是他拐弯抹角的小姨子，本是请来照顾爹妈的保姆，不知怎么的，干柴烈火就烧到了一处。肇老七承诺，只要生个儿子传宗接代，就把她娶进家门。过了好几年，她肚子依然溜平，结果就这么不了了之。现在这个“小媳妇儿”，却是肇老七明媒正娶的，长得倒也清秀，原是去他公司打工的文员，不想被他勾上了手。那个羞怯的小丫头做梦都不会想到，自己某一天居然成了老板娘。

当务之急两件事儿：一是让小媳妇儿的肚子鼓起来，二是让钱包鼓起来。想要儿子，就得禁烟戒酒，别整出个聋哑病残的后代。可是要弄钱，就得到酒桌上去弄，现在好多事情都是在酒桌和牌桌上办成的。银根紧缩，贷款已不可能，那么只有一条道可走，借高利贷。金老三就放贷，可跟三哥说了几次，他就是不吐口。其他人大都知道肇老七的情况，哪怕抬高利息，人家也不敢给你，这年头谁干那些肉包子打狗的傻事儿啊。喝的是酒，吐的是苦胆，收获的只是虚头巴脑的承诺。眼瞅着年关将近，连打点各路神仙的钱都没着没落，可把肇老七愁坏了。有好事儿者给肇老七总结了一下，说七哥开始是靠在墙边，后来挂在墙上，现在都贴在墙上了。这个说法很形象，既是说肇老七兜里的钱越来越薄，也是说肇老七的身板日渐消瘦。肇老七只剩下苦笑的份儿，他知道，该下决心了。

他决定去大媳妇儿那儿看看。离婚之后，前妻也没有再嫁，生活费也一直由肇老七供给。不咸不淡地问问生活上的情况，又聊起女儿的学习，就没话了。肇老七抽了好几根烟后才又开口，说咱姑娘马上大学毕业了，你也奔五十了，要不，你就找一个吧，将来也好有个照应。前妻闷头不语，直到他要离开时，她才问了句，出啥事儿了？肇老七摇摇头，把车发动起来，一溜烟开走了。

找二媳妇儿费了点儿周折。她后来嫁人了，也没给夫家生个一男半女，丈夫对她非打即骂，她只好离开玉城，去大连开发区打工，仍是保姆。辗转找到她，一见面她就哭了，把肇老七弄得心里酸酸的，说我对不住你。两人相抱痛哭良久。二媳妇儿陪了肇老七一个晚上，两个人又做了回真夫妻。

回到玉城，肇老七拎着酒瓶子四处求爷爷告奶奶，总算划拉来一点儿钱，勉强把过年的事情安排好。进入腊月，胃疼得更厉害了，就去西山医院找大夫开点儿胃药回来，谁知道这次的所谓特效药会不会管用呢。

经过小区的小商店，肇老七心血来潮踅了进去。刚过小年，那个白眉毛老头儿就把喜庆的灯笼挂了出来。店面很小，也就一些简单的水果、烟酒，却摆了张小桌，挨挨挤挤很难转身。老头儿见他盯着桌上的棋盘看，笑了笑，说肇老板好久没来了，要不摆两盘？

那天两人下了三盘棋，和一盘，肇老七赢两盘。

世间之事真是难以预料，转过了年，肇老七的好运竟接踵而来。先是小媳妇儿的肚子终于有动静了，这是个好兆头。紧接着市里做出了一个重要决议，考虑到玉城长远发展的需要，在未来几年内，将实施政府北迁的战略规划。建材大市场和周边的房产，还有肇老七低价买入、荒芜经年的地皮，都跟整个政务功能区毗连，一下子身价倍增。此前无人问津的门市和住宅没出两个月便销售一空，还卖了个好价钱，让肇老七赚了个盆满钵满。

但他还是缺钱。回笼资金七还八扣，已经用去多半，而根据匡算，要继续开发那些闲置的地皮，资金缺口少说也要两千万。好在今非昔比了，大家都知道这是块肥肉，都想撅一筷子尝尝。几家银行都主动找上门来，又是调研又是评估的，最后玉城商业银行拔得头筹，首期放给肇老七的公司800万。几个民间放贷的主也急忙找到他，勾肩搭背称兄道弟，说七哥呀，有钱大家赚，这次不用上打租了，在玉城谁不知道七哥您老人家办事儿准成啊。金老三也把肇老七约了去，和颜悦色地跟他商量合作事宜。肇老七听明白了，三哥是要往项目中注资，不要利息，只要分红。三哥的好意怎能拒绝呢。很快就有一千多万的款子进账。资金到位了，手续跑完了，项目部组建起来，赶在“五一”之前，工地上就热火朝天地干起来了。

眼看着小媳妇儿的肚子一天天鼓起来，工地上的楼像庄稼般节节拔高，肇老七突然有些后悔当初那个决定。他偷偷跑到省城，找大医院挂了个专家门诊，权威们会诊的结果依然没变，而且病灶都转移了。

人们发现，平时总是笑容可掬、谦恭有礼的肇老七，这阵子总是阴沉着脸，一副很严肃或者很痛苦的表情。于是有人说，道上的有钱人都是很严肃的，比如金老三。

人们看到的并非肇老七的全部。他每次看到小媳妇儿大腹便便的样子，他眉头的褶子就平了，像用熨斗熨过了一样。已经做过B超了，这回是儿子无疑，老肇家有后了，没啥遗憾了。他跟白眉毛老头儿下棋时，心情也是平和的，快乐的。那天，肇老七又去找白眉毛老头儿下象棋。他并不知道，那是他最后一次下棋。把小桌子搬到小区院中的树荫下，边听蝉鸣边走棋，惬意得很。照例也下三盘，肇老七三盘皆输。那老者三五步就把他将死了，令肇老七全无招架之力。肇老七整个人都呆住了，他知道自己遇到了一个深藏不露的高手。

说着就到了9月初的一天，肇老七老爹过八十大寿，自然要好好热闹一下。杀猪宰羊，山珍海味，厨子是从玉城最好的饭店贺临酒店请的。就在老爹住的东郊大院摆下酒宴，几个拜把子弟兄，加上一些来往密切的朋友，都来助兴。秋老虎淫威不减，天气炎热难挨。酒后来了兴致，蒋老六执意去玩个刺激点儿的，说要去大洋河漂流，正好凉快凉快。手下赶忙打电话跟人联系，不一会儿安排妥当。于是，一帮人留下继续喝酒打牌，一帮人去了大洋河上游漂流。一行数人，穿了救生衣，坐上漂流筏，大呼小叫着，在湍急的河水中顺流而下。

事后，李老四说，七哥一直在我前面漂，等到了橡皮坝那里，我眼睁睁看见他栽了进去，再也没有上来。

手忙脚乱喊人来打捞，却什么都没有捞到。橡皮坝下深达七八米，等把坝别住已是几天后。派人潜入水底搜寻，仍旧是踪影皆无。肇老七就如空气般消失了。

哥儿几个给肇老七做了个棺材，里面只有他的一套衣服，还有一副象棋。象棋是那个白眉毛老者送的，竟是用上好的老玉做的。

肇老七的衣冠冢没有葬进祖坟，而是埋在茔地的边上。几个拜把子兄弟都去送葬了，个个神情悲痛。大黄竟扯开嗓门号啕大哭，大眼泡更肿了。刚刚大学毕业的女儿也来了，她什么都不说，只是咬着嘴唇，一任眼泪在眼圈儿里打转。

出殡之后第二天，小媳妇儿临盆，一个胖小子呱呱坠地。

后来，人们都说，肇老七的死并非意外，一切尽在策划之中。

他分别给仨媳妇儿和女儿或存了款或置了房产，价值从几十万到几百万不等。给小媳妇儿的最多，条件是两人离婚，抚养儿子成人，并照顾好老爹的晚年。对于肇老七亏空的那800多万的去向，多数人相信这种有鼻子有眼的说法。这也跟肇老七有情有义的为人相符。

有的说，他还收买了西山医院的大夫替他保守秘密，这使得他身患胃癌晚期的消息直到最后也没有被泄露。

还有的揣测，肇老七一定也请教了经验丰富的行家。如果没有高手指点，他似乎不太可能把后事安排得如此滴水不漏。

有跟肇老七同住一个小区的人绘声绘色地描述，他开始跟媳妇儿商量离婚的事儿，小媳妇儿死活不同意，不知他用了什么方法，终于把事情搞定了。

真正闹心的是金老三他们。肇老七公司的账面已经所剩无几。金老三只得硬着头皮接手这个烂摊子，但他还是不甘心，最终让宋老五当了冤大头，从他手中抠了500万回来。宋老五苦不堪言，只得打掉牙齿往肚子里咽。

人们说，肇老七一辈子没赢过，未承想到临死之前却打了一副好牌，下了一手好棋。他终于可以扬眉吐气了。

当然，这些只是坊间传闻，不足为信。

旋转的夏天

在不到一个礼拜的时间里，谢文忱连着参加了一个葬礼和一个婚礼。

葬礼是二爷的。本来，再过半个月就到二爷的九十大寿了，赵琪爸爸准备热热闹闹办一办，毕竟整个玉石村90岁以上高寿的老人屈指可数，这是值得隆重祝贺一下的。除了耳朵有些背、腿脚不太灵便，二爷身子骨也还硬朗，红光满面的，健康状况没啥毛病。村里人都说，好人长寿哇，看这光景，老爷子再活个十年八年没问题。玉城的周边多山岭，节气晚，立夏过去了好几天，天气骤然转暖，从凉到热似乎缺乏必要的过渡。怕二爷着凉，家里人硬要他把厚衣服捂着，不想老爷子傍中午时在园子里薅草，嫌热，自作主张把坎肩脱了，却打了好几个喷嚏。中午小睡一觉是二爷雷打不动的生活习惯，谁都没在意二爷下午没起来溜达，以为是摆弄那些花花草草累着了，到底是老胳膊老腿了，比不得年轻人了。到晚饭时，赵琪妈妈去喊二爷吃饭，好久也没动静，去他房间一看，身体都硬了，二爷这下子是彻底长眠不醒了。

二爷在睡梦中无疾而终，走得安详，算是喜丧。赵家在玉石村人缘好，赵琪爸爸朋友也多，于是风风光光给二爷办了个葬礼。按玉城风俗，需要停灵三天。本来上面要求无论城乡，所有丧事都必须交由殡仪馆办理，但在乡下执行起来会松一些，而且也找人说了，于是就在自家门前，搭起灵棚。谢文忱紧急联系玉城一家冷库，弄来大冰块若干，虽是“小三天”，但天热，总要解决个降温的问题。丧事虽然忙乱，却有专门的司仪打理一切，提供全套的一条龙服务，加上亲朋与邻居帮忙，谢文忱也插不上手。唯一要做的，可能就是守夜，夜深人静之后，总要自己家里人在灵前守候，外人恐怕就熬不到那么晚了。

这是给谢文忱留下深刻印象的一个葬礼。那个受雇前来“哭九场”的女子入戏极快，手持话筒，桩桩件件吟唱着先人贤德，字正腔圆如泣如诉，到后来满地打滚泣不成声，引发了现场哭声一片。更多的时候，在人们的脸上看不到悲伤，反倒充满了一种对于生老病死的超然和淡定。在第二天晚上进行的“传筵席”节目中，放的都是欢快的曲子，说的都是俏皮话，俨然是在观看一场地方戏。相关的和不相关的人，都借机聚拢到一起，搭起个舞台，有的演，有的看，人死了，躺在棺柩里，什么都不知道；演的是活人，演给活人看，演的看的都是自己。丧事过去了，人们都回到自己原先的轨道中去，换上另一副面孔，继续活下去，继续演下去。

同事佟玉东的婚礼，是在二爷葬礼结束后的第三天，那是个周六。

玉东老家就在北郊的平阶村，女朋友奉子成婚，白色的婚纱掩不住小腹微微隆起。农村婚礼也热闹，现场布置很喜庆，音乐舒缓而意味深长，主持人极尽煽情之能事。最出彩的地方是在喷绘背景上使用了玉东手绘的两人头像，惟妙惟肖，玉东是个画家，画这个自是小菜一碟儿。锅灶安在房檐下的西侧，香滋辣味扑鼻而来，刺激着每个来宾的味蕾。就在当院摆下餐桌，吵吵嚷嚷。农村大席好吃，这是大家相当一致的看法。谢文忱滴酒未沾，这对一个爱喝酒也能喝酒的人来说简直是个奇迹。喝酒时不开车，开车时不喝酒，自打开上了这辆二手普桑，他就给自己定下了这条铁的戒律，也从来没有破过一次戒。谢文忱内心坚定，说话算话，从不做秃噜反账的事儿，对他这一点，朋友们都很佩服。跟他同车来的那几个哥们儿，还在吆五喝六地喝着，看那架势，比自己结婚都兴奋。美酒当前，到底还是有些眼馋的，索性出来去车上待了一会儿，闲得无聊，又把车发动起来，朝五道河桥方向开去，停在桥北侧。谢文忱蓦地想起多年以前，这座桥发生了两起著名的车祸。先是玉城某局局长，一个前途无量的年轻干部，因为醉酒驾车，在这座桥上坠亡；半年之后，又一个青春美少女，玉城第一医院的护士，也在这座桥上死于车祸。离奇之处在于，那辆出事儿的中巴上载着20多人，都是出去旅游同车返回的同事，其他人只是受了轻微的磕碰，只有她一个人香消玉殒。玉城人都传言，一定是前面那个局长把这个女孩给勾走了，他在下面太寂寞，需要有个人陪伴。那个护士据说还没有谈过恋爱呢，还没有享受到男欢女爱的乐趣，让人唏嘘不已。

有电话进来了，原来是喝酒那帮哥们儿发现他没影了，以为撇下他们不管了呢。谢文忱说咱哥们儿啥时候干过那掉链子的事儿啊，于是掉头往回开。过桥之后拐几道弯，向前不远就是平阶村了。平阶村就是因为赵平阶烈士而得名，正好路过村头这片小小的烈士陵园。朝车窗外匆匆一瞥，看到了陵园外墙上是用红漆刷出来的几个大字：××××××。心中一闪念，要是二爷这个故事篓子活着就好了，他老人家肯定还能记得当年的一些故事。

事后想来，让谢文忱在整个夏天执着坚持、欲罢不能而又身心俱疲的那件事情，可能就跟他那随意的一瞥有关。

在《玉城县志》第二十四篇《人物》第一章《人物传略》中，关于赵平阶烈士，是这样记载的：

> 赵平阶（1913—1946），山东省临沭县人，出身于农民家庭，中学毕业后从事教育工作，曾任高小校长。1937年七七事变后，投入抗日救国运动，翌年加入中国共产党。历任地区党校司务长、地区组织科干事、县委秘书科科长等职。1945年10月，受共产党派遣来到玉城县，先后在城关区（玉城镇）、兴隆区担任区长职务。因其工作认真，关心群众疾苦，被誉为“人民的好区长”。
>
> 1946年秋，国民党政府军进占玉城，赵平阶率区中队在娘娘沟、四道河一带坚持敌后游击活动，在恶劣条件下，他身染肺病，体质日渐虚弱，但仍四处奔波，发动群众，坚持斗争。同年11月，他率队秘密转移至娘娘沟村，住在村长杨永安家。此时杨永安早已暗中投敌，当晚便勾结区中队中变节分子将其绑架献给国民党县政府军事科。
>
> 赵平阶落入虎口以后，敌人向他追问玉城县委机关的转移地点，他回答：“这是我们党的秘密。”敌人又以死威胁，他说：“那又有什么办法，你们手里的枪不杀共产党，还要它有何用啊！”接着，敌人又导演一出“假释放”的丑剧，企图从中发现中共的线索。有着丰富斗争经验的赵平阶，获“释”后只在街上东走西逛，不与任何人交谈，不入任何门户，敌人阴谋落空，将其重新收监。

1946年11月23日，国民党玉城县军政党团联席会议做出杀害赵平阶的决定。行刑前，刽子手逼迫赵平阶跪下，赵平阶昂首挺胸，怒斥敌人："我要站着，看你们国民党怎样杀害共产党的！"然后又充满激情地对群众说："乡亲们，同志们，永别了！大家战斗吧，我们的部队就要打回来了！"随着枪声，英勇就义。

1947年6月，民主联军收复玉城。人民政府将兴隆区政府所在地佟家堡村命名为平阶村，并在村头修建烈士墓，立碑刻文，以示怀念。

（P636—637）

谢文忱就有一本《玉城县志》，一直都放在他办公室的木卷柜里，差不多文化馆里每个办公室里都有，他刚参加工作时就曾见过，但六七年来连摸都没摸过一下。玉城很多人都有这样一本16开墨绿封面、精装的《县志》，他们大都和谢文忱一样，极少有人认真读过。佟玉东休完婚假回来给大家发喜糖喜烟时，谢文忱的脑子里灵光一闪，蓦地迸出"赵平阶"这个名字来。他急忙找出那本县志，纸页已经泛黄，上面落满了灰尘，卷柜平时都关着，真奇怪那些灰尘是怎么见缝插针钻进去的。谢文忱小心地把书打开，仿佛打开了那段尘封已久的往事，那可能恰恰就是被遮蔽了的关于英雄梦想的真相呢。然而很遗憾，《玉城县志》上对赵平阶的记载只有上面那寥寥数百字，且语焉不详，只是提供了一些基本信息而已。谢文忱于是再访平阶村，期待能有些新的收获。

陵园很小（后来在有关资料中查到，是占地350平方米），只有一座坟丘和一块墓碑，坟丘之中埋葬着烈士的遗骨，墓碑正面刻有"赵平阶烈士永垂不朽"，背面的墓志铭则是烈士的生平和英雄事迹。经过整修后的烈士陵园，整洁、肃穆、安谧。一些花圈已经衰破，静静地堆在陵园的一角，依稀能够想见清明时节人们来祭拜英雄的热闹情景。墓碑的正下方，有人用大碗盛米做了个香炉，香已燃尽，香灰洒落碗口里外。这应该是村里的人做的。谢文忱一个人来到赵平阶烈士陵园，心里忍不住微微的失望，因为在这儿根本没有得到更多细节上的信息。如果说有收获，那不过就是补足了陵园围墙上的标语，叫“发扬革命传统”。谢文忱心想，不如就叫“继承先烈遗志”更确切些。

谢文忱不甘心，回来上网搜索，终于又发现了若干很有价值的资料。其中之一是从“鞍山名人网”上搜到的，这里面的记述跟《玉城县志》上大同小异，只是文字显然更流畅一些。有差异的地方主要有：赵平阶“1912年出生于山东省临沭县一个农民家庭”；“先后担任山东省鲁南地区党校司务长、地区组织干事、沭水县秘书科科长及新建区工委书记等职务”；1945年11月，“由山东根据地来到东北，分配到玉城县龙门区任区长，1946年1月改任城关区工委书记，3月调到四道河区任区长，开辟新区工作”。对赵平阶在刑场上大义凛然的英勇表现，是这样表述的：

> 1946年11月23日，敌人把赵平阶押到八棵树刑场。赵平阶昂首挺胸，决不向敌人屈膝，面对远处送行的群众高声喊道：“乡亲们，同志们，坚持斗争，胜利是属于我们的！”接着高呼“打倒国民党反动派”“中国共产党万岁”的口号，英勇就义。时年34岁。

《鞍山日报》首席记者马烈于2006年采写的长篇通讯《一个

人的烈士陵园》，则透露出大量有用的信息和线索。关于赵平阶在山东期间的情况，文中使用了平阶村小学教师苏海峰提供的乡土教案的口径：

> 赵平阶原籍山东津浦县，1913年出生于一个普通农户家中。因所处变革年代，少年时思想进步。他13岁时念上小学，23岁中学毕业后从事教育工作，曾任高小校长三年。当时正值中国内忧外患，炮火连天，1937年日寇向华北进犯。七七卢沟桥事变发生后，日本帝国主义在中国实行了惨无人道的烧光、杀光、抢光的“三光”政策，就在国土沦丧之时，赵平阶毅然走出校门，告别亲人，奔赴抗日前线。
>
> 1938年，赵平阶光荣入党。在对日寇的不断斗争中，赵平阶战斗经验越来越丰富。1941年，赵平阶任山东鲁中地区党校十连司务长；1942年任山东省滨海地区组织负责人；同年5月调到山东沭水县任县委秘书科科长，后调任为沭水县新建区工委书记等职。1945年日寇投降之后，赵平阶被组织调到玉城。

通讯中至少通过两个人的叙述，让赵平阶的形象变得愈加丰满而生动。佟守仁是村里的寿星，90岁高龄依然精神矍铄，他也是当年见过赵平阶的人之一。

赵平阶虽是山东人，却不是山东大汉的虎背熊腰，个子不高。通常他头戴一顶毡礼帽，穿一件灰白色的马褂，腰中是一条青布带子，脚上的那双软口布底鞋是村里人送的。内战开始前，赵平阶常在地头做笔记，有时和农会干部谈话或是召开村民动员大会。在佟守仁老人的谈吐间，可以看出时隔多年，这位老区长的光辉形象依然生动，百姓对于他的爱戴依然不变。

赵平阶不仅为村民们实现耕者有其田的梦想，而且还留下爱护村民的一段佳话。一个深秋的傍晚，赵平阶区长从区上到村里开展工作，农会会长佟福会陪他一起去。当时村前大洋河的一条支流上没有桥，亦无渡船，过河只有蹚水。深秋的河水自然冰冷刺骨，先是老会长要背赵平阶过去，反过来赵平阶已经先一步下到河中，等着背老会长过河。正在二人相持不下的工夫，一位年迈的村民大爷路过，要到河对岸。于是赵平阶背着这位长者渡过了河。一叶知秋，一件小事可以见证一个人的品质，回忆这段故事后，佟守仁感叹："这样的干部，咱能说人不好吗?"

画家徐德元则还原了他以赵平阶为原型创作连环画《峻岭青松》的全过程：从1970年开始绘画，到1972年《峻岭青松》正式发行，如此漫长的创作过程是徐德元始料不及的。"'文革'的狂躁和肤浅影响了进度。"徐德元说，两年中几易其稿，尽管内容越改越"精彩"，越像革命样板戏，但也离史实越来越远。到最后定稿付梓时，连赵平阶的名字也改成了赵平。

两年的绘制过程，赵平阶真实的原型尽管没有绘于笔下，但却留在徐德元的记忆深处。而其中最为深刻的是先烈被捕之后，受尽的种种煎熬和他的铮铮不屈。徐德元的叙述在平阶村留存的赵平阶事迹材料中得到再次证实。

被悬赏5000大洋的赵平阶落入敌人手中后，受尽敌人严刑拷打，残酷折磨。监狱中，一连数天赵平阶没有吃饭也没有喝水，加上患上严重的肺病，生命垂危，连站起来的力气都没有了。敌人又在他的卧榻上铺了层碎石子，让他寝食难安。坐"老虎凳"、灌辣椒水成为赵平阶的家常便饭，最毒辣的是将他的两个大拇指拴紧，然后整个身体吊起来，以致赵平阶折断了三根手指。

“1946年赵平阶赴刑场前，被五花大绑游街，许多村民都有印象。”徐德元说，赵平阶烈士牺牲前是面朝着敌人的子弹，他要亲眼看看敌人的子弹如何穿过一个共产党人的胸膛。结果为赵平阶的凛然正气所震慑，敌人胆怯，第一发子弹没有打中，又连发两枪，赵平阶壮烈牺牲。

佟玉东当然知道佟守仁，整个平阶村佟姓占九成以上。据他反馈回来的消息，那个佟老爷子倒真是个故事篓子，肚子里装了不少好东西，可惜已经不在了。想想也是，从采写那篇通讯到现在，毕竟又过去了六七年。徐老师是文化馆的前辈，谢文忱是认识的，来往并不多，退休后更是很难见到影踪。印象中他是一个木讷的艺术家，即使是当面交流，也未必能够说出比那篇通讯更多的信息来。

通讯中还提到一个人，就是《玉城县志》编纂组成员之一张惠发，他说：

> 关于赵平阶的许多记载都来自民间，和山东方面联系后，因当时工作处于地下状态，对于赵平阶并没有记录。许多他的情况都是平阶村老人以及石子、姜健民、吴博岩等老同志口述的。

谢文忱用了两周多的时间，才大体弄清了赵平阶烈士的基本情况。收集资料难、资料不翔实、相互之间有冲突，这些可能都不重要，重要的是，我们可能已经勾勒出一个英雄的轮廓，并逐渐逼近了英雄的内心世界。

对于谢文忱在这个夏天忙忙碌碌的行踪，开始赵琪并没怎么在意。两人结婚五年来，万润那个玉器店继续开着，又在新建的玉雕会展中心置下两个档口，总之生意是更加红火了。常言说得好，盛世收藏，难怪那么多人来到玉城，丢下大把的钞票，带着河磨玉或者老玉的摆件或挂件，或者只是一只手镯、一个吊坠，心满意足地离开。按说钱赚得多了，人应该开心才对，毕竟，像他们两口子这样衣食富足的生活状态，是很多人梦寐以求的。但他们两个之间似乎出了点儿小小的问题，谢文忱最近对妻子有些反感。也许是因为多年浸淫商场的缘故，当初那个清纯羞涩的小姑娘，如今已经变得伶牙俐齿且精于算计。老实说，这也不能怪赵琪。天下乌鸦一般黑，以假乱真、价高质差这类情况永远都没法杜绝，别说在玉城的玉器市场，就算是在全国其他任何地方，不是把你忽悠瘸了，就是把你忽悠茶了，乖乖掏腰包出来，临走时还会说声“谢谢呀”。赵琪卖玉器，倒是从来不卖假货，但她善于察言观色，手下的一干美女店员也同她一样巧舌如簧，经常会把一件成色做工都一般的作品，卖出个离谱的大价钱。黄金有价玉无价，这么说吧，一般地，一件比较好的玉器作品，卖5万块钱和卖15万块钱，如果不是行家，那绝对看不出有多大区别来。在玉城的玉器市场中，还有个不成文的规则，就是要给予介绍生意成功或者经办人大致相当于成交金额15%左右的提成。赵琪的出手可能更大气一些，通常会多给对方5个点的好处。此外，赵琪也有别的店主无法企及的地方，不仅提供正规的办公设备或办公用品的发票，而且安装了一台POS机方便客户付款。她总是很热心，来的都是客，只要是主顾，或者是朋友介绍来的，即便不在她的店里买，她也会尽心尽力帮忙介绍，从来不嫌麻烦，即使在别家成交了也不要提成。这样的人精做生意，怎能不红火呢。可谢文忱不这么看。他基本上不去店里，只有外地的同学朋友来玉城，他才领着过去，还特别交代赵琪，都是好哥们儿，大老远来一趟不容易，就别赚人家钱了。赵琪笑吟吟应下了，果然让朋友同学们满意而归，但成交价格却不低。既卖出了好价钱又让客人高兴，天知道赵琪是怎么做到的呢。谢文忱是知道底数的，心里觉得有些不舒服，这种不舒服积攒下来，就上升到了恼恨的程度。他开始用一些不咸不淡的话敲打赵琪，做生意要讲诚信，要先做人再做生意，诸如此类。赵琪不理他，她对老公这样的迂腐看法嗤之以鼻。在商言商，都送人情贱卖了，还做什么生意？还怕钱咬手吗？家里也不缺钱，让谢文忱换个新车，他那辆二手普桑都开好几年了，他就是不肯。谢文忱还振振有词，车子不过是个代步工具，开3万块钱的破车，跟开一辆30万的新车，有多大区别呢，人不能成为车的奴隶。所以，赵琪都换斯巴鲁了，他还开自己的破普桑。开车也就算了，最让赵琪最头疼的是，几年下来，谢文忱的上进心似乎已经消磨殆尽。当初血气方刚、才华横溢的谢文忱，依然当他的创作辅导员，连个副馆长都没弄上。当今社会，光有能力有学历还不够，还要有人脉有经营，这样才可能在仕途上走得顺一些。谢文忱嘴硬，说是金子总会闪光的，是好玉总有人会识货的，是英雄总会有用武之地的。这个世界太奇妙，有些当年指点江山、激扬文字的文学愤青，走上工作岗位后，很快棱角就被磨掉了，变成了一个平庸的凡人，一天到晚吃喝拉撒鸡毛蒜皮地活着；还有的人，曾经是中规中矩的三好学生，踏入社会后，居然给磨炼成一个不折不扣的执着文人。但谢文忱的情形恐怕不同，兴许是他骨子里就是这个样子吧，他就是不想钻营，就是不想把腰弯下来。当然还有另外一种情况：假如在目前这样的情形下，能够感觉到无比的快乐开心，那么，你还逼着他追求什么呢?

两口子在好长一段时间里，都不怎么跟对方多说话，没有了当初那种热络劲儿。赵琪那边生意忙，又要照顾3岁的女儿，这的确是个客观的原因。而按照谢文忱的说法，都老夫老妻了，有啥可唠的呢。在老谢家，似乎婚姻生活的“七年之痒”，提前变成了“五年之痒”，情感已经变得粗粝而麻木。在这个时候，总得找出个解决之道，挠一挠，止止痒。其实，谢文忱从来就不认为真的出现了多大的问题，千人千面，对事物的看法不同，处事的方式也不相同，这在所难免，夫妻之间更是如此。这可能就是庸常生活的一贯状态，不咸不淡，不痛不痒。烦归烦，谢文忱不得不承认，媳妇儿赵琪在做生意方面绝对是把好手，唉，随她折腾去吧，她玩她的，我玩我的。谢文忱玩得漂亮，在这个夏天他终于干了一件大事儿，就好像这大热的天，人都热屁了，正好看到个清凉的水塘，一个猛子扎下去，通体舒泰，那才叫痛快呢。能够按照自己的想法率性地活着可不容易，还有什么比这更让人快乐的呢。

赵琪终于发现了一些蛛丝马迹，开始不动声色地关注着老公的一举一动。谢文忱正冒着酷暑行走在去乡下探寻某种真相的路上，对于媳妇儿那洞察秋毫的狐疑目光浑然不觉。

最初有些模糊的初衷在突然拐了一个弯后，变得异常明确而清晰。就像我们去某个风景奇丽的地方，本来走得很慢，我们走走停停，还在东张西望，突然看见了一个岔道，不经意间拐下去，竟然发现岔路的尽头别有洞天。对了，谢文忱现在就是这种曲径通幽的感觉。他把正在干的这件大事儿，或曰正在进行中的研究课题，取了个名字，叫作“玉城叛徒考”。这是后来他在翻看《玉城县志》时逐渐总结出来的一个现象：在当年那段难忘的岁月里，在玉城这片热土上，每一个革命英烈的被捕与牺牲，居然都跟一个或几个叛徒（汉奸、特务、土匪等）有关。

《玉城县志》上是这么记载的：

——1934年5月邓铁梅身染疾病，秘密转移至小蔡家沟张家堡亲属家中调养……5月30日夜邓铁梅不幸被叛徒沈廷辅率暗杀队逮捕。(P624)

——1935年4月22日晚，苗可秀率铁血军在羊角沟宿营，半夜时分被敌人包围。他掩护部队突围时被炮弹炸伤臀部，部下将他秘密护送到二道洋河小南台隐蔽治疗，6月21日凌晨不幸被敌人逮捕……（P625）

——1938年春，戴焕章奉上级命令策动宝清城内伪军哗变。他通过秘密工作，诸事齐备，只待时机举行起义。不幸，由于叛徒出卖被捕……（P630—631）

——此时（1939年9月），由伪军哗变过来的六军二师参谋长韩铁汉及副官李英臣，在艰苦的斗争形势面前思想动摇，拟除掉常有君率队叛变。部队宿营时，韩、李二人以汇报机密为由，将常有君骗至附近一处灰窑，逼其投敌，双方展开搏斗。叛徒韩铁汉抢先开枪……（P630）

——1946年秋，国民党政府军进占玉城。沈相荣奉命在原地开展敌后斗争……11月2日，他找到村农会会长沈品乙和村长胡贵林商讨重新发动群众，坚持斗争问题。不料沈、胡二人早已投敌，暗中报告国民党清剿队将其逮捕。(P6350—636)

——1938年12月，白承润手下两名士兵进城买

> 菜，暴露身份被俘，供出地窖秘密，铁血军宿营地连遭破坏。一天半夜，白承润出外巡视，发现附近人影绰绰，知已被围……（P632）

…………

像谢文忱这样的准完美主义者，做事儿总是力求圆满、少出纰漏。他在一个猛子扎进这个混浊的水池子之前绝对不会想到，在接下来一个多月的时间里竟然几乎一无所获。要是查阅史料，那去史志办这样的地方该是最方便的了。谢文忱曾经被抽调过去帮忙编辑某年的年鉴，跟那儿的人都还熟悉，开口请他们帮忙应该问题不大。实际情形是，史志办的同志们当然热心帮忙，但就是没有什么有价值的资料可以提供。据了解，早先的《玉城县志》至少出过两个版本，一个是清代台隆阿修、李翰颖编的《玉城志略》，一个是民国时高乃济、夏祥淇等编纂的《玉城县志》，这两个珍贵的版本，在史志办连一本都没找到。后来上网，在孔夫子旧书网查到有卖影印本的，要好几百块钱，虽然钱不是问题，但想到暂时对课题没什么帮助，也就放弃了。倒是弄到一本《玉城解放风云录》，信息量并不比已经掌握的多。也联系过档案局，主要是想查查当时国民党方面对此的记载，资料未见得多有用，查阅手续却异常麻烦，知难而退了。还想过搜罗邻市的《凤城县志》《海城县志》之类，因为这些英雄也曾在那里战斗过，苦于没有熟人，最后只得作罢。

看来，最有效的方法就是寻访当年的亲历者了，这条路最后也没有走通。有人提供线索说，某个乡镇有个姓汪的老人，手里握有几十万字的资料，苦于没有机会整理出版，没准会用得上。谢文忱心中狂喜。又有人爆料说，县里有关部门早就看过书稿，说那老头儿只是个资深的文学爱好者，所谓资料其实是他编著的一部长篇评书，均取材于人们耳熟能详的英雄事迹。谢文忱还查到几个九旬老人，但作为那段历史的亲历者或见证人，有的年事已高、记忆衰退，或者卧床不起、神志不清，或者已经作古。唉！

要是实地考察一下，会不会有意外的收获呢？循着现有资料中提供的线索，谢文忱通过熟人转弯抹角联络到几个当地村干部，想去那些曾经发生过重大事件的村子里转转，了解一些新的情况。那些村干部都忙着发展经济赚钱，对于那段历史的了解简直就是个空白，对于谢文忱的举动显得极度茫然——现在还有谁整这些没用的呢？

在这个酷热难当的盛夏，谢文忱一直在努力追寻某个真相。他驱车四处游走，就像一个陀螺，总是保持着高速旋转的姿态。几乎每次都是无功而返，这让他很沮丧。但他仍旧不死心。在连续碰壁若干次后，谢文忱最后只得把注意力转回到网络上。这是没有办法的事情。面对着大量芜杂的信息，谢文忱不停地淘着、筛选着，直到有的真相逐渐清晰显现，当然更多的依然是迷雾重重。他曾为“玉城叛徒考”开列了一个详尽的提纲，主要内容包括：1. 英雄之死：那些出生在玉城或者战斗、牺牲在玉城的英雄；2. 是谁出卖了英雄：这个（些）叛徒的名字；3. 叛徒的下场；4. 叛徒的家人、后人；5. 他们为什么要当叛徒；等等。费了许多周折，仍有很多问题悬而未决，比如那些叛徒的心态究竟是怎样的，怕死，图财，经不住严刑拷打，还是其他别的呢，谢文忱百思不得其解。

在经历了如陀螺一般旋转的夏天之后，谢文忱的研究暂告一段落。以下便是谢文忱初步的研究成果。

赵平阶：《玉城县志》上说是被时任娘娘沟村村长的杨永安

出卖的。而区中队的“变节分子”难以查证。另据《一个人的陵园》一文，在佟守仁老人的口述中，说出了出卖和陷害赵平阶的几个特务的名字，虽然和县志记载稍微有些出入，但一切看来都无关紧要。

邓铁梅：按照《玉城县志》上的说法，是沈廷辅（原邓部学生队教官兼大队长）告的密。另据载于《鸭绿江晚报》上的《邓铁梅与张玉姝的爱情传奇》（作者：姬晋）一文所述，出卖邓司令的是“七沈一宁”，即沈廷福（辅）、沈廷栋、沈吉昌、沈吉祥、沈吉玉、沈吉武、沈吉春，宁善一。又有资料（《“黑狗星”邓铁梅》）说，邓铁梅有个当大夫的小老婆，这个小老婆的娘舅得了日本人的20多万元钱，他们爷俩设下了出卖邓铁梅的毒计。感觉这个说法不足为信。邓铁梅死得惨烈，是被毒死的，而张玉姝则被活埋。

苗可秀：《玉城县志》上并没有说是谁出卖了苗。罗占元先生在《驰骋沙场一书生——记抗日民族英雄苗可秀》一文中指出，在羊角沟宿营时被汉奸刘仁安出卖。而据来自“凤城新闻网”的说法，“（1935年）6月21日凌晨来到碑家岭（沙里寨镇盖家村碑家岭村民组）朱运成家养伤，因赵春和等人告密日军而被捕”。海城有个叫戴尔宝的作家，创作了一部20集的电视连续剧剧本《铁血映山红》，里面提到一个叫杨里同的汉奸，就是他出卖了苗可秀（同样是这个杨里同，后又出卖了关世英，致使关氏家族50多人被集体活埋于鸡冠山棒槌沟中）。这也许是艺术杜撰，难以考证。

戴焕章：有许多资料显示，农历1947年3月5日被邓县民团司令丁叔恒唆使的五名凶手暗杀于襄阳鹿角门巷口，年仅41岁。但无法查证叛徒何许人也。

常有君：《玉城县志》上说，被准备叛变投敌的六军二师参谋长韩铁汉及副官李英臣二人所害。

沈相荣：叛徒就是村农会会长沈品乙和村长胡贵林。1946年11月3日，敌人将沈相荣绑在石佛崖小学校的旗杆上，施尽毒刑，他始终坚贞不屈，最后被敌人残酷杀害。玉城收复后，人民政府将石佛崖村改名为相荣村，并为沈相荣烈士修墓立碑，以志纪念。

白承润：两名变节士兵的姓名已无法考证。

…………

事实上，我们曾经孜孜以求的真相是残酷的，它离我们越来越近，却也越来越远。

佟玉东婚礼才半年多，媳妇儿就生了，是个儿子。因为生在冬天，玉东爸爸就给孙子取了个很土的名字：冬生。就连冬生满月也要在老家张罗一下，玉东小两口拗不过老两口，只得随他们去。去喝满月酒时，谢文忱没有跟同事们一块走，而是提前出发，去了赵平阶烈士陵园。

谢文忱依然开着他那辆旧普桑，到底是老胳膊老腿啦，开起来有些轴，不那么透溜。赵琪说得对，等将就过这个冬天，就换个新车。刚出城，手机响了，谢文忱盯着手机屏幕上“丁小慧”的名字，有些愣神，前女友好几年都没跟他联络了。铃声顽固地响着，谢文忱迟迟没有按下接听键，直到丁小慧那边泄气挂断，他才长舒一口气。

这个冬天来得早，才小雪节气，就感觉冻手冻耳朵。从五道桥方向传来吹吹打打的声音，原来是戴孝送葬的一队人马，不知附近谁家的老人又没了。一到冬天，人就变薄变脆了。生生死死一辈子，最后莫不归于尘土。谢文忱带来一瓶“玉乡王”，是一种玉城地产的白酒，他打开瓶盖，洒在地上一些，算是对英灵的祭奠。也许我们穷其一生都当不了英雄，但我们应当在心里给英雄留一块位置。英雄理应活在人们追寻与铭记的心中，人们更应当像英雄那样丰盈而凛然地活着。谢文忱在烈士的墓碑前肃立了好久，不知什么时候下雪了。苍茫大地，转瞬之间就被白雪覆盖，雪舞飞花那一刻，他的内心一片澄明。

与打鼾者同眠

谢文忱去玉石村采风，故事没采到几个，倒给自己采回个漂亮媳妇儿。

谢文忱能够顺利地回到玉城文化馆，得益于他在大学时写的一篇散文。那篇题为《玉城看玉》的文章荣获校园征文一等奖，这不仅让谢文忱赚得了一个才子的美名，也博得了若干美女的青睐。该文被《玉城日报》转载后，谢文忱顿时在家乡这座小城名声大噪，曾数次被有关人士提及。据说在一次招商引资的会议上，有关领导将谢文忱拿来说事儿，说都要向这个大学生学习，爱家乡，宣传家乡，发展家乡，为玉城争光，云云。文化馆虽说是个不起眼的事业单位，但也是某些人眼里的香饽饽呢，他们挤破脑袋想在这里解决个编制却没办成，所以谢文忱被当作人才网罗进来，压根没费什么劲儿就成了体制内的一名干部，应该说是很幸运了。但谢文忱并不这么认为，这不过就是找到了一份工作而已。此前他刚刚与女朋友丁小慧分手，虽然大体上也能坦然面对，毕竟两个人好了三年多，不能说分一下子就全结束了的，心里到底还是有许多东西放不下。谢文忱报到时，文化馆续编《玉城满族民间故事传说》的工作正在进行中，要组织人手到各乡镇去搜集民间传说、奇闻逸事，美其名曰“采风”。谢文忱心情郁闷着，就自告奋勇下去采风，也算借此机会散散心去。

谢文忱跟随胡老师到达玉石村的当天中午，就被乡里来的文化站站长老王在一家小酒馆给撂倒了。胡老师一杯酒下肚脸就像血一样红起来，很吓人的鲜血的颜色，却是越战越勇，把他这个后辈都给比了下去。谢文忱对这种吆五喝六的喝法极不适应，频繁地往返几次厕所后，竟撑不住迷迷糊糊睡着了。等到夜里被惊醒时，却被胡老师那夸张的鼾声吵得再也没法睡着。第二天醒来，胡老师跟没事儿似的投入了工作，他对这里的情况相当熟稔，很快敲定了一份名单交给谢文忱，并请王站长帮忙安排了谢文忱的食宿后，自己却扬长而去。

这种采风其实是个苦差事，得一个一个采访，记录，加工，整理，枯燥而乏味。好在这对谢文忱来说只是小菜一碟儿，根本不具有挑战性。谢文忱白天用录音笔采访，晚上就用带来的笔记本电脑整理出来，高科技的应用自然会大大提高工作效率，这是20年前胡老师他们来采风时所无法想象的。

住的是赵二爷家。确切些说，是他一位本家侄子的家。二爷没有子女，便把这个侄子视同已出，一直住在一起，感觉比一家人还要亲。二爷是玉石村有名的故事篓子，80多了，身板依然很硬实，但耳朵有些背，经常跟人打岔。老爷子总是手捧着一本大字本的《三国演义》在读，不知已读过了多少遍，反正书的封皮早已破损不堪，是用透明胶布粘着的。老爷子一打开话匣子，就收不住了。对那些流传已久的民间传说如数家珍，也讲述当年的战争故事，打日本鬼子，打胡子，以及中华人民共和国成立，等等。有时候思路相当清晰，有时候却颠三倒四，但老爷子总是讲得兴致勃勃。谢文忱不管用处大小，照单全收，全部认真录下来，这使二爷对他这个市里来的小谢印象颇佳，感觉他像个做学问的人。

谢文忱就在赵二爷家认识了他的宝贝孙女赵琪。也是机缘巧合，谢文忱在二爷家住了两天，采风任务基本完成，正打算回玉城交差去，这时候赵琪回来了。赵家在万润玉雕园有个玉器精品店，专门出售自家加工的各种玉器，赵琪平日住在玉城北郊的另一处平房中，回家本想取点儿衣物就走，没想到却因为谢文忱的缘故而在家多待了一天。

谢文忱眼前一亮，没想到这个面容清秀的女孩还很害羞。玉石村是个钟灵毓秀所在，出这样清纯羞涩的美女并不奇怪。谢文忱的前女友丁小慧也是个漂亮的才女，但那是热情奔放型的，而眼前的赵琪却是个小家碧玉。赵琪人漂亮，家里有钱，还是赵家唯一的宝贝女儿，许多人都想把她娶回家，经人介绍也看了几个人，但她都没同意。很显然，赵琪也有足够的挑剔的资本。谢文忱不觉心中一动，于是借口想继续了解玉文化，委婉地央求赵琪当他的向导，仔细参观一下玉器的加工过程。

如果不是二爷在旁边帮腔，赵琪怎么都不会答应，这个人看上去很油嘴滑舌的呀。出于礼貌，赵琪就在家多待了一天，领着谢文忱到自家的玉器加工厂参观生产工序，向他介绍从选料到画活、打磨、抛光、配座的全部工序。她还跟谢文忱一起到附近新发现的巨型玉体转悠半天。两个年轻人在村子里晃来晃去是挺扎眼的，难怪有个口无遮拦的大嫂会说，小琪，这是你对象啊？啧啧，还挺般配呢！赵琪羞得满脸通红，她偷觑了谢文忱一眼，谢文忱便心猿意马起来。

两个人真正有了交往，还是在谢文忱回到玉城之后。谢文忱去另一个村子采风回来后，就去万润玉雕园看赵琪，很客气地要请她吃饭，因为在她家打扰了这么长时间，以及她给他当了出色的向导，所以要表达一下心意。赵琪开始矜持着，禁不住谢文忱言辞恳切，也就不再推辞。其实她心里也不是真的想拒绝，几天下来，谢文忱已经搅动了她的一颗芳心，她已经从内心深处接受了他。再说了，吃顿饭有什么呢？两个人就去了一家很有名的煎烤店，并喝了一点儿酒。赵琪不胜酒力，喝了酒后脸上是粉嫩的绯红，简直是灿若桃花，谢文忱都看呆了。送赵琪回家的路上，谢文忱忍不住抱住了赵琪，很贪婪地把她嘴唇上的口红吃得干干净净，他真切地感觉到那口红的味道是香的，甜的，温热的。

说到底，谢文忱是个耐不住寂寞的人，认识了赵琪之后，很快就把丁小慧抛在了脑后。这也好，能很快从失恋的阴影中脱身，当然是件好事儿。在与赵琪的交往中，谢文忱把分寸拿捏得恰到好处，打个电话问候一声，发个短信肉麻一下，见面吃饭闲聊几句，偶尔勾肩搭背摩摩挲挲，两个人的感情逐渐升温。两个人聊得最多的，竟然是谢文忱的前女友丁小慧。才子佳人的故事让赵琪扼腕叹息，她好几次被感动得泪眼婆娑。她暗下决心要代替丁小慧继续跟谢文忱度过这一生。而谢文忱关心的似乎并不是这个。终于有一天，在郊区的那处房子里，在赵琪房间宽大的床上，谢文忱像个温柔而蛮横的强盗一样，把赵琪那纯洁的身子掠走了。

谢文忱本来是抱着玩玩的心态与赵琪来往的，令谢文忱惊讶的是，已经23岁的赵琪居然还是处女。一股怜香惜玉的豪情油然而生，他不由得抱紧了眼泪吧嚓的赵琪。他就起了跟她结婚的念头。

但结婚这种事情可不是以谢文忱的个人意志为转移的。赵琪妈妈和赵二爷对谢文忱是很看好的，但却遭到了她爸的强烈反对。事关女儿的终身大事，他又为赵琪相中了国土资源局的一个公务员，小伙子的爸爸还是某个乡镇的领导，算是门当户对了。这个叫谢什么的虽然在自己家住过几天，但他因为出门在外而没有亲眼见到。其实呢，有没有钱倒在其次，人品才是最重要的。现在的年轻人虚了冒套的远去了，总以为自个儿兜里揣着好几盘炸，可别让他花言巧语把女儿给骗了。但赵琪似乎吃了秤砣铁了心，摆出一副非谢文忱不嫁的架势来。父女俩僵持了好长时间，最后赵琪爸爸拗不过，只得依了女儿。

进了腊月，两家商定吃一顿定亲酒。席间，赵琪爸爸这才仔细端详谢文忱。自己是个粗人，看到谢文忱这么儒雅帅气，不由得眉开眼笑，说咱姑娘的眼光不错呀，早知道这样，我就不拦着她了。老丈人相中了姑爷，自然皆大欢喜了。

赵琪爸爸决定把万润那个店和郊区的三间平房给女儿当嫁妆，并拿了20万块钱出来，让他们在新翡翠小区再买处楼房。并特别交代谢文忱，新房装修的钱要是不够，那就得由你负责了，免得人家说是我们娶了个姑爷。其实谢文忱的家境也不错，也算是殷实人家，当然比起赵琪家差远了。两个年轻人商量了一下，干脆不买楼房，把钱都存了起来。由谢家出资，把那处平房好好装修了一下，就当作新房好了。就这样，转过年开春的时候，谢文忱就在这处平房里，把赵琪娶了回来。

婚后，谢文忱继续当他的创作辅导干部，赵琪继续经营玉器店，小两口的日子过得其乐融融。必须承认，这是玉城许多年轻人都艳羡不已的美好生活。

孰料不久之后，两口子竟因为一点儿小事情，差点儿闹起了离婚。

事情的起因是，谢文忱发现赵琪睡觉时打鼾。

谢文忱其实是个很恋家的人，这一来是因为刚刚结婚的缘故，二来也因为他在社会上交往不多。他一下班就回家，一到家就摆弄电脑，上网，写东西。也许是经常熬夜的缘故，他喜静，觉轻，对睡觉的环境要求很高，一有风吹草动，很容易失眠。比如开着灯有亮光，电子钟的嘀嗒声，蛐蛐叫或者不知名的小虫叫，狗叫，呼呼的风声，水龙头没关紧的滴水声，冰箱、饮水机断电重开的声音，等等，他都要抵抗半天，才能入睡。

这些还不算。现在，谢文忱遭遇了一个更严重的问题，那就是他媳妇儿赵琪居然打呼噜。其实那鼾声是轻轻的，绝不是响亮如雷的那种，可能不过是熟睡时稍重的鼻息而已。但是，这种温柔的鼾声却让谢文忱难以忍受。起初，他也没怎么在意，以为是媳妇儿在店里操劳，过于累了。通常情况下，只要轻轻碰她一下就好了，赵琪侧过身去鼾声就停住了。可是每当谢文忱好不容易挨近梦境的大门，赵琪那轻轻的鼾声总是不合时宜地重新响起。他只好反复推她，自然就无法睡实。因为这个原因，小两口睡觉从此就摆成了个约定俗成的姿势：赵琪背对着谢文忱侧躺着，谢文忱从后面搂着她，手抚在赵琪胸前，等她一有动静，谢文忱就碰碰她，她便会消停一会儿。

这招也有用老了的时候，谢文忱便采用其他招数，比如故意咳嗽、清嗓子，要不就把电视打开，频繁换台，或者把灯点亮，间或这几种招数合并使用。有时候效果比较理想，有时候却未起丝毫作用。经过一番苦思冥想，谢文忱开始改变斗争策略。

在吃早饭时，对赵琪说了这件事儿。赵琪很惊讶，一脸无辜的表情，说我怎么听不见？谢文忱感到又好笑又可气。谁能听见自己的鼾声？谁能看见自己的醉态？明知道赵琪揣着明白装糊涂，自己却张口结舌无言答对。谢文忱便从关心爱护媳妇儿身体的大局出发，采用迂回战术，郑重提出建议，让她吃一点儿金嗓子喉宝之类，赵琪对此置若罔闻，说我又不是嗓子有问题。谢文忱立刻接过来，说那也许就是你鼻子有问题了呗？干脆去诊所看看吧。赵琪正在细致地描着自己的眉毛，根本不为所动，说店里生意太忙，哪有时间去诊所？如果真像你说的我睡觉时打呼噜，那一定是这两天我太累了，也许过两天就好了。赵琪接着倒打一耙，拍拍谢文忱的脸，说老公，看你脸色这么难看，以后你就别熬夜上网了，早点儿睡，等你睡熟了，我再睡，那就好了，你就听不见我的鼾声啦。谢文忱一下愣住了，他简直无法相信，眼前这个聪慧狡黠的女人跟当初那个话未出口先红了脸的小丫蛋儿，会是同一个人。

但这个主意还真不错，谢文忱当晚就付诸实施。他是熬惯了夜的，突然间要在9点钟就早早睡下，只是翻来覆去在炕上烙饼，根本就睡不着。看丈夫刚迷糊着，赵琪小心翼翼地关灯躺下。等赵琪温柔的鼾声响起时，谢文忱就彻底醒了过来。

在与赵琪的鼾声做英勇斗争的过程中，谢文忱以大无畏的革命创新精神，尝试了多种对策：

——用随身听的耳机塞住耳朵，倒是睡了个好觉，但是耳朵很不舒服，早上起来胀胀的生疼，没办法只好放弃。

——在入睡前喝上几听易拉罐啤酒，效果不错，睡得很沉，可是半夜时分被尿憋醒，等到再次躺到炕上时，睡眠又被赵琪的鼾声给阻断了。

——按照同一思路，睡前吃一粒安眠药，倒是一觉睡到自然醒，睁眼一看，已经日上三竿了，没办法，再也不敢吃药了。

经过不断总结和提炼，谢文忱将与一个打鼾的美女同床共枕的斗争经验上升到了一个理论高度。在宏观层面，斗争策略主要有四：一、让她不再打鼾；二、让自己听不见鼾声；三、强迫自己习惯鼾声；四、转移注意力到其他方面。他坚信，只要不断地摸索，反复地尝试，总能找到克制鼾声的妙招。

谢文忱走出了一着险棋。他故意熬夜上网到很晚，就在另一个卧室的床上睡了，然后早点儿起床，再回到赵琪的炕上。

这就需要早起，要在媳妇儿还没有警觉的情况下回到炕上去，虽然比较麻烦，但总算能睡个好觉了，心中窃喜，以为这样就根绝了赵琪那温柔的鼾声之扰。谁知几天之后，夜里起来发现被窝空了一半的赵琪，来到有床的这间卧室，把谢文忱推醒，眼泪汪汪地质问他，老公你不要我了吗？我一个人睡觉害怕……在赵琪眼泪的温柔攻势之下，谢文忱举手投降，乖乖地跟着媳妇儿回到了炕上。

现在，每天晚上都要与赵琪那温柔的鼾声斗争一番，这几乎成了谢文忱生活的全部内容。一到晚上，耳朵里充斥的都是那种轻微的鼾声，即便两个人都在干着一些别的事情，还没有躺下睡觉。对于媳妇儿的鼾声，谢文忱是不胜其烦，不堪其扰，但却眼睁睁毫无办法。数个回合下来，谢文忱感到实在有些力不从心。索性拖延上炕睡觉的时间，上网上到很晚，困得眼睛都睁不开的时候，才草草睡下。而赵琪对此也满腹委屈，认为丈夫不应该小题大做。渐渐地两个人心里就生了隔阂，便开始了冷战。

好在，这时候二爷要来谢文忱家小住几天。这时候，夏天就要离开了，秋天就要来接班了，他和赵琪结婚刚满半年。二爷对谢文忱印象极好，他还要把肚子里的一些故事讲给孙女婿听听。赵琪对二爷也很亲，二爷来住了三天，两口子围前围后忙活了三天，尽力安排好老爷子的生活起居。把炕腾出来让给二爷住，两口子则移到了那张大床上。看来当初装修时保留了赵琪原先住的大床，真是明智之举。二爷也打鼾，即使隔着一个客厅，他的鼾声还是压过了赵琪的，但不知什么缘故，这几天谢文忱睡得都很踏实。

二爷让小两口各忙各的去，别管他。他闲不住，总要找点儿事情干，总要整出点儿动静来。秋天的中午太阳很好，老爷子偶尔到院子里面晒晒太阳。或者读读《三国演义》，那是他自己带来的，是大字本的，不知读过了多少遍，读到引人入胜处，竟然出了声，偶尔还呵呵笑出声来。他从不午睡，有时候困极了，哈欠连天的也还是不睡。要不，就去制造一些响动，而他自己却浑然不觉。他会拿个苍蝇拍子打苍蝇，一打就是大半天，屋里的打完了，就追到外边去，啪啪啪打个不停。看到饭桌位置有些歪，就动手挪动摆正，桌腿在水磨石地面上摩擦发出刺耳的尖叫。再不就是鼓捣院子角落的那堆破烂，木板倒塌、树枝折断发出的声音不绝于耳。二爷也看电视，他是会使用遥控器的，把电视机的音量放满，并不坐着，在离电视机很近的地方站定，弯着腰，人仿佛要进入电视机似的，总是向孙女婿发问：这演的是哪段？让小两口忍俊不禁。二爷在这儿住的几天，恰好有两天逢周六、周日。谢文忱睡得异常踏实，还很香甜地睡过一次回笼觉。除非被二爷的噪音给惊醒。醒来后，谢文忱便陪着二爷说话，因为二爷耳朵的缘故，聊起来很费劲儿，但谢文忱还是相当有耐心的。听老爷子差不多重复那些陈谷子烂芝麻，感觉这个故事篓子的记忆力是大不如前了。二爷特别跟谢文忱提起当年的一些英雄人物，像邓铁梅，苗可秀，还有赵平阶烈士。赵氏被捕后，被两臂平伸着绑在一根扁担上，敌人用一挂马车驮着他，在财神庙一带游街示众，他一路上不断高呼口号，最后在坝墙子那儿英勇就义。如果他活着，那一定是大干部了，二爷最后总结道。谢文忱却有些走神，心想大英雄打起呼噜来，会不会像打雷一样呢？

鉴于这几天良好的睡眠效果，二爷走后，在谢文忱的大力倡导下，两人决定就在床上睡，开始果真不错，可是不几天，赵琪的鼾声重新温柔起来。没办法，再搬回炕上去睡，结果一切如故。

谢文忱几乎每天都是睡眼惺忪地去上班。胡老师便开他的玩笑，年轻人可得悠着点儿啊，你看你，晚上一定是太用功了吧？谢文忱只得苦笑。

家里有个打鼾的美女真叫人头疼，谢文忱愁得脑袋都大了。这事儿还真是不能说，也不能辩解。你总不能说自己媳妇儿打鼾而让自己痛苦不堪吧？你总不能说自己跟媳妇儿温柔的鼾声做斗争其乐无穷吧？所以，当丁小慧打电话过来时，谢文忱沉默了片刻，说很好，自己在文化馆工作很好，媳妇儿的生意很好，总之一切都很好。丁小慧是个冰雪聪明的女子，一下子就从他那蔫蔫的声音中揣摩出了大概。她猜想谢文忱肯定过得并不如意，但她哪里能够知道，这一切仅仅是由他媳妇儿温柔的鼾声带来的呢。她试探着说要来玉城看看他，被谢文忱不假思索地拒绝了。她知道，自己到底没法说服他，但她总是有些不甘心。

在赵琪鼾声的挤压下，谢文忱似乎已经乱了方寸。他认定既然自己无法远离这种鼾声，又不能习惯和适应鼾声，那么还得重新回到赵琪身上，下大气力在她身上做文章。他非要改变赵琪的鼾声不可。他语重心长，苦口婆心，分一二三四章还有前言与结论，向赵琪力陈打鼾对个人健康与美丽的危害，详尽分析了造成打鼾的生理原因、精神原因及其他原因，有针对性地指出可能的预防方法、治疗方法、根除方法，并结合赵琪的具体情况得出及早去医院诊治的结论，在表明愿意共同努力战胜打鼾顽症的坚强决心的同时，描绘了夫妻和睦、家庭幸福的美好前景……开始赵琪还在笑着听他大谈特谈，后来越听越不对劲儿，终于把她给惹烦了。赵琪说，你是不是看我不顺眼？没有你原来的女朋友漂亮？你现在嫌我睡觉打呼噜，那你早干吗去了？你要是不喜欢我了，我就走，给你倒地方，让你和丁小慧重温旧梦去！被赵琪一抢白，谢文忱的倔脾气也上来了，也不肯服软哄哄赵琪，还硬邦邦戗了她一句：丁小慧怎么了？她至少一点比你强，她能让我睡个安稳觉！

就是这句话伤了赵琪的心。赵琪的眼泪唰的一下就下来了。她哭了一会儿，开始动手收拾衣裳，临走撂下一句狠话：谢文忱，我要和你离婚！

离就离！谢文忱嘴上也很硬。

本来，“十一”黄金周期间谢文忱准备带着赵琪跟文化局组织的旅游团去大连旅游，赵琪这一负气出走，他一个人没意思，索性也不去了。就整天上网，睡觉，饿了就泡碗面，整几根火腿对付一口。开始他兴奋得不得了，心想，这种自由自在的日子只有神仙才能过。重要的是，晚上无论什么时候睡，脑袋只要一沾上枕头，准能酣然入睡，睡眠质量极高。那些什么乱七八糟的声音，完全可以充耳不闻。

但是好景不长。没有了赵琪温柔的鼾声，以前已经被谢文忱过滤掉了的声音，仿佛在一夜之间突然又都顽强地冒了出来。电视机的声音就不算了，关闭了电源，自然就没动静了。首先突兀地出现的是石英钟嘀——嗒——嘀——嗒的声音，白天几乎无声无息，到了晚上就数它的嗓门最大。饮水机的电源时断时续，电源一开声音就出来了。好在天气已经转凉，空调不需要开机，否则一定也是那种嗡嗡嗡让人欲罢不能的声音。冰箱已经被挪进了厨房，它的压缩机的声音总算听不到了。也许是在墙角，或者是在院子的某个角落，蛐蛐的叫声，或者许多不知名的虫儿的叫声，总是不知疲倦地往人的耳鼓里面钻。邻居家的那条狗警惕性相当高，一遇到点儿动静，哪怕是偶尔经过的一辆汽车，都要狂吠不止。可能是附近谁家的一只发情期的女猫，招来了骁勇善战的男猫数只，乘着夜色摆下战场、大挠大咬，总有落败者被打得鬼哭狼嚎，落荒而逃。即便是坐在电脑前，似乎也有一种像电流持续通过的声音，叫人心烦。让人痛苦不堪的是在早上，各种嘈杂的声音也像突然苏醒了似的一起涌来。平日上班定的手机闹钟可以取消，但却无法控制鸟叫和小贩的叫卖声。有人走街串巷叫着“大饼子豆腐脑，热乎来”，也有人叫卖“鸡蛋！农村纯笨鸡蛋”。可恶的是这些家伙居然事先录好了，不厌其烦地反复播放。谢文忱连拿把刀捅了他们的心都有了。

连睡个懒觉都不行，早知道这样，还不如跟团去大连玩了，赵琪不去，自己一个人去好了。这都3号了，赵琪那边居然一点儿动静都没有。不就是拌了几句嘴吗？过日子哪有舌头不碰牙的？难道还能真离了不成？怎么就不能主动往家里打个电话呢？小样！我让你嘚瑟！看你回来我怎么收拾你！……谢文忱越想越气，脑子里面整天都晕乎乎的。当午后丁小慧打电话给他的时候，他的气还没消。他赌气决定去见丁小慧。

丁小慧是和报社的同事们去冰峪沟旅游的返程中到玉城做短暂停留的，其实即便是没有这项安排她也要在这里下车。她就是想再见见谢文忱，从毕业到现在就再也没有见过他。如果他的状态很不如意，她还是要说服他跟她去省城，她绝对相信，谢文忱在省城定会有很好的发展机会，当时他心血来潮回到玉城屈身于一个小小的文化馆，真是可惜了。毕竟，两个人好了三年多，在一起同居的时间都超过了半年，她还是很了解谢文忱的：恃才傲物，倔强，认真，认准了的事情九头牛都拉不回来。丁小慧也曾尝试着忘掉他，都已经分手了，还想着他干什么呢？尽管现在她已经有了新的男朋友，并且不冷不热地恋着，但她总是下意识地拿他跟谢文忱做个比较。谢文忱是已经结婚了，那又怎么样？那张结婚证书不过就是一张纸而已。丁小慧还是不想放弃，她还想做最后一搏。

坐在绿野仙踪酒吧里，从见到谢文忱的第一眼起，一看到他胡子拉碴的样子，丁小慧就确认无疑，他的状态一定很差。而谢文忱依然是一副漫不经心、胸有成竹的样子，喝了茶之后，把她安顿在贺临假日酒店住下，然后领着她去玉雕大厦转了转，买了只老玉手镯给她（没敢到别的地方去），晚上就在府兴楼肥牛请丁小慧吃饭，点了几只鲍鱼涮着吃，喝了几瓶啤酒。晚上，就在房间里面聊天。先是用嘴巴聊，接着用动作聊，最后气喘吁吁赤膊上阵，电闪雷鸣，暴风骤雨。这是自然而然的，没有任何忸怩作态，这对两个人来讲，不过是复习一遍功课罢了。但这次却给了谢文忱另外一种似曾相识的陌生感觉。两个女人的表现是如此不同，丁小慧奔放、主动、热情似火、花样翻新，赵琪则沉静、羞涩、娇娇柔柔像水一样。看着丁小慧像只小猫一样蜷在他怀里睡去，他突然想起了媳妇儿赵琪，心里便翻腾起一种说不清道不明的滋味来。赵琪你这个死丫头，你这个败家娘儿们，你现在在哪儿，在干什么呢？你再不缴枪投降早点儿回家，你老公可要跟人跑了呀……

谢文忱这天晚上睡在了贺临酒店。这儿的环境实在是太好了，把厚厚的窗帘拉上，仿佛把所有外在的声音都割断了，如果说还有声音，那么只有两个人的心跳和呼吸。室内是恒温，薄被子下面两个人赤裸相拥，谢文忱搂着丁小慧，睡得特别沉，连梦都没有做。醒来时不知是什么时间，时间都已经被厚厚的窗帘遮蔽了。确切地说，他是被短促而细碎的鼾声给搅醒的，打鼾的可能是丁小慧，但更可能是自己。因为他发现自己鼻塞，并且喉咙有些痒，可能是要感冒了吧。自己居然也会发出那种令人深恶痛绝的鼾声吗？那也许根本就不是鼾声，而是某种奇怪的暧昧的声音。

丁小慧带着一种巨大的成就感离开玉城。她认为是自己及时来到玉城，挽救了即将颓废的谢文忱。她仿佛看到就在几天后，谢文忱便结束了玉城的一切去了省城，重新回到她的身边，重新开始一段崭新的人生。而实际上，如果不是她根本就不了解谢文忱，那么就是她不清楚一年多来发生在谢文忱身上的巨大变化。谢文忱既然选择了自己的生活，那么他怎么会轻易放弃眼前的这些东西，跟随她到省城重新开始打拼呢？谢文忱现在的生活状态，是多少人梦寐以求的，他没有理由不满足。说到底，他所谓的闹心，也恐怕只是闲来无事的矫情，自寻烦恼而已。丁小慧并不知道，送走她之后，谢文忱竟然迅速做出了一个决定。

也许没有谁能够合理解释这样一种错位的现象：跟一个人同床共枕，梦中出现的却是另外一个人；哪怕是在做爱的时候，心里默念的竟是另一个名字。丁小慧再次向谢文忱描述了去省城发展的美丽图景，正当他有点儿摇摆和松动的时候，他却忽然强烈地想起赵琪的种种妙处来。论长相，赵琪同样很年轻漂亮；论人品，赵琪的善良、纯洁更不输给别人；论本领，赵琪似乎更能干，玉器精品店每年赚个十万八万的，飘轻。这样的媳妇儿打着灯笼找未必能够找到哇。当然学历是低了点儿，是从一个不起眼的大专毕业的，但是这有什么呢？脾气好像有点儿大，但女人嘛，总要使点儿小性子的，对于偶尔撒撒娇、发发嗲、耍点儿小脾气的女人，连上帝都会原谅的。不就是睡觉时打个小呼噜吗？有什么大不了的，也许习惯了，适应了就好了。谢文忱一拍脑门，他突然间明白了，自己这些天来心情的郁闷，可能不仅仅是因为各种噪音的搅扰，不仅仅是因为赵琪的离家不归，而更可能是因为自己跟赵琪的鼾声斗争了半年多，生活中突然间缺少了这种鼾声，反而失去了斗争的目标，心情自然就很失落了。

谢文忱开始频繁地拨打电话。赵琪的手机处于关机状态。打到店里，店员说都好几天没来了。谢文忱知道这话水分很大，她们肯定是跟赵琪串通起来骗他。想了想，试着拨了岳父家里的电话。是二爷接的，对着话筒吼了半天，老爷子也没有听出他是谁，但是听懂了他是要找赵琪，告诉他琪丫头没有回去。他心里有点儿发毛。他还是决定去万润玉雕园看看。

正值黄金周，店里客人很多，两个店员忙得焦头烂额。谢文忱摆出大老板的样子，背着手，从里面巡视一圈儿后，走了。临走时，吩咐她们，让赵琪回来时给他打电话。

赵琪没有给他回话，又把他晾了一天后才开机。谢文忱其实已经想好了，无论如何也要把媳妇儿请回来。他在电话里说了小话三千六，赵琪到底绷不住了，当天晚上就回了家。

小别胜新婚，谢文忱跟赵琪酣畅淋漓地做了一次爱。谢文忱照例是从赵琪的身后搂着她那丰腴的胸脯睡的。他已经做好了充分的准备，准备勇敢地聆听媳妇儿那温柔的鼾声，哪怕是鼾声如雷也无所畏惧。可是赵琪那边却毫无动静。就像有个相声中说的等待另一只靴子落地一样，谢文忱迷迷糊糊地折腾了一夜，根本就没有踏踏实实地睡着过。

次日早上起来，他揉着发涩的眼睛问赵琪，媳妇儿你昨晚怎么没打呼噜？

赵琪掩嘴一笑，一张粉脸微微地红了，很得意地说，我去检查了一下，大夫说我的呼吸道有点儿炎症，吃点儿消炎药就妥了，怎么啦老公？这不正合你的心意吗？

让谢文忱瞠目结舌的还在后面。赵琪突然变了一张脸，似笑非笑，欲怒还嗔，向谢文忱撇撇嘴：哼，还说我呢，老公昨晚你也打呼噜了，不但打鼾，还磨牙……

把凉水烧成热水

杨开泰如是说：你是我生命中的女人。确切地说，你是我生命中的女人中的一个。

——题记

刚认识张玉袖那时候，杨开泰正跟孟双打得火热。

第一眼印象恐怕是靠不住的，何况杨开泰醉眼蒙眬中。孟双穿一身白色的运动服，粉白相间的旅游鞋，一身充满青春朝气的打扮，看上去颇有眼缘。后来再去玩，杨开泰自然还找孟双陪，仔细端详后才发现，她长了一张有些夸张的圆脸庞，好在一头黑而密的过肩发，顺着右脸颊自然垂落，倒是达到了瘦削脸部的效果。其实去歌厅找丫蛋儿又不是娶媳妇儿，不用那么多说道。孟双歌虽唱得一般，但喝酒是强项，能喝敢喝善喝，绝不扭扭捏捏推三阻四，这一点挺招人稀罕的，很多男人不就是冲着能找个小丫蛋儿陪着喝大酒才走进歌厅的嘛。最关键的在于，杨开泰在逐步攻城略地的征途中发现了新大陆：孟双的身子竟然比那套干干净净的白色运动服还白，比脖子以及整张圆脸都白。孟双的皮肤虽然不是很细腻，但全身没有一个痦子，是毫无瑕疵的一种白，且顺滑如缎。一白遮百丑，杨开泰对孟双很满意。隔一阵子两人就去酒店快活一次，虽然弄得筋疲力尽，但每次都能取得丰硕成果。

孟双从杨开泰那里赚了不少小费，少不得对他的话言听计从。有次杨开泰顺嘴说了一句，其实女人还是穿得性感一些好，孟双转身就去买了一件艳粉蕾丝的连衣裙套上了。等再见面时，杨开泰皱了皱眉，笑吟吟附在孟双耳边说，瞧你身上的白都透出来了，走光啦，也许在床上穿会更好些。后来某一天，杨开泰跟张玉袖偶然提起了孟双的话题。张玉袖说，三哥，你那老情人孟双，穿一件粉色的连衣裙，我们都说太俗气，可是她不听，说可是杨哥稀罕哪，那时候我想，孟双的男朋友眼光怎么这么土呢。这只是个小插曲，仅仅是衣服穿着倒还不足以让杨开泰心里烦闷。要命的是，孟双把自己当成了杨开泰的女人，比如，她开始伸手跟杨开泰要钱了，她会毫不忸怩地跟杨开泰说，我七大姑八大姨有什么什么事儿，借给我点儿钱呗。次数多了，杨开泰便提高了警惕。说到底，孟双不过就是他相对固定的玩伴而已，自己压根就没想过更不会跟她有更深的纠葛，于是找个借口说工作忙，那么有一搭没一搭地维持着，心里却在逐渐地疏离。

但不管怎么样，孟双过生日时，杨开泰还是给孟双张罗了个生日聚会，就在樱花酒店。男男女女一共8个人，正好坐满一桌子。杨开泰这边，只有他和孙炳义两个人，孟双则找来了比较相熟的四个姐妹，其中就有张玉袖，还有一个叫冰冰的。冰冰还带来了她的朋友，据说在某银行上班，姓关。必须承认，那姓关的家伙在泡妞方面很有一套，连杨开泰都自叹不如。他以冰冰和他的共同名义，送了孟双一束鲜花，附带了一大堆美丽辞藻，把孟双感动得眼泪汪汪的。那顿饭的气氛莫名其妙，平日里豪饮的孟双竟然像个淑女一样浅酌，而在敬关大哥时才把杯里的半杯白酒一饮而尽。两个人你来我往地敬起了酒，感觉整个酒桌上只有他们俩是主人，其他人全是陪衬。杨开泰心中的别扭没有流露出来，但脸上的笑意更浓了。此时总有人会挺身而出，打破尴尬局面。冰冰首先站出来，她说感谢杨大哥给孟姐姐过生日，她平生最敬重有情有义的男人，你对孟姐姐一直这么好，我们这帮小姐妹都羡慕她。也是多半杯白酒下肚，杨开泰也不能示弱，干了。冰冰的表现可圈可点，她跟姓关的两个人一唱一和，频频举杯，调动气氛，酒桌上的这种规矩人人都懂。换个角度说，在好姐妹过生日的场合，姓关的言谈举止也似乎应当有些节制才对，冰冰的话锋里似乎也显露出一点儿醋意。冰冰漂亮，伶牙俐齿，且善于察言观色，只在歌厅待了不到一年，就让姓关的包养起来了，从此不用再去歌厅陪喝陪唱了。紧接着就是张玉袖，她才喝了一点点白酒就满脸通红，据称是酒精过敏。张玉袖正好坐在杨开泰的对面，穿一件咖啡色的小衫，比起孟双那身粉色的连衣裙，倒显得清爽而得体。对一个人的感觉有时候瞬间就可能扭转。杨开泰其实是第二次见到张玉袖，第一次见她时应当早在一个月之前，外地的一个诗人叫海之的，来玉城拜访本地著名青年作家曹遇春。通常情况下，凡是曹遇春外地的哥们儿来玉城，总会告诉杨开泰，而杨开泰也乐于出面帮忙接待。这其中的缘由外人多不知道。跟很多人一样，杨开泰早时也做过文学梦，无奈资质粗鄙，一直没写出什么像样的作品。发表的几篇豆腐块，多是曹遇春帮助向外推荐的。所以，杨开泰对曹遇春抱有一种亦师亦兄亦友的心态，不仅外地文友来玉城，就连本地一帮真假文人啸聚吃喝，甚至就连见网友也把曹遇春拉着。海之是个不错的诗人，自称有三好，好诗、好酒、好美女。海之来玉城那个晚上，两个半文人（杨开泰自嘲是溜边打蹭混场的，顶多算半个）跟三个美女，喝得也是热火朝天。事前杨开泰跟孟双交代，你找两个丫蛋儿来，要漂亮、能喝酒，最好是你的姐妹，这样好说话。孟双说没问题。果然，找来的这两个丫蛋儿的确很漂亮，看看曹遇春跟海之的表现就知道了，两个人都比平时话多了，酒自然下得也快。但关键时刻掉链子了。看他们比比画画喝得兴起，孟双悄悄把杨开泰叫到外边，说不行啊，可心来事儿了，张玉袖刚来没几天，从来不出台。杨开泰一听就急了，说你这叫办的啥事儿啊，你问问那个张什么，差钱还是差粮票？不行就让她滚！不久之后，在梅园小区张玉袖的床上，杨开泰和张玉袖，风静雨歇，相互搂着说话，不知怎么又提起了孟双。张玉袖说，世事难料哇，三个月前咱俩第一次见面，差不多是仇人，你看我不顺眼，我看你也别扭。你觉得我是在装，我觉得你牛，你的一双色眯眯的小眼睛总在瞅对方，你总是一副瞧不起别人的样子。两个月前，孟双过生日那回，那天的气氛很怪异，孟双平时也不是那样的，那天我就是觉得她过分了，她那样冷落你让你下不来台，让我都觉得跟你一样难堪。我还发现一个现象，每当你色眯眯的小眼睛都快笑没了，那你一定是非常生气了。那天不就是一帮朋友在一起聚会嘛，干吗弄得别别扭扭的。说句实话，不知道什么原因，我当时心里就是心疼你，可怜你，就是想让你有点儿面子。我虽然酒量浅，但我敢喝，喝死拉倒，多大个事儿啊？张玉袖叹了一口气，那个时候谁会想到现在呀，心一软，却把自己搭上了，全都被你攻城拔寨给占领了，唉……杨开泰一直没吭声，末了才说袖儿，常言说得好，是我的，你跑都跑不掉；不是我的，那就趁早给我滚。

那顿生日宴成了最后的午餐，之后杨开泰跟孟双的关系彻底走向末路。冰冰跟姓关的也掰了，具体原因不明，但据孙炳义称，两个人已经暗度陈仓有了一腿。好事儿恰恰肇始于樱花酒店那个饭局。说是在喝得迷迷糊糊的时候，满脸桃花的冰冰跟孙炳义说，孙哥，我手机没电了，借我手机用一下好吗？结果她在酒局散后，磨蹭到最后，又偷偷跟孙炳义说，用你手机打的那个号码是我的。像孙炳义这种任何时候都会见缝插针的人怎么会浪费机会呢。当然，杨开泰也不会浪费机会，他开始追张玉袖了。

本来很简单的事情，可是在遭遇张玉袖之后，却变得颇费周折。

杨开泰又去了几次碧海蓝天KTV，哥儿几个都找丫蛋儿陪，就他一个人枯坐着。这搁在以往，孟双会主动过来坐在他身边的位置上。现在，领班和那些小丫蛋儿差不多都知道孟双跟杨开泰的事儿，所以都刻意避开让两个人在同一间包房出现。老实说，孟双也没做错什么。从某种意义上说，一个女人市侩一些，物质一些，可能会更好。如果一切都可以明码标价，随行就市，那所有问题其实都不是问题，这符合游戏规则。这也就是杨开泰之流热衷于流连欢场找乐子的最重要的原因。在他们那个圈子里，杨开泰做事儿讲究、敞亮是公认的，他当然希望跟他交往的人同样讲究，这个要求一点儿都不为过。孟双只是个在歌厅中陪唱的小丫蛋儿，也许她并非有意隐瞒：她的年龄，她的简短婚史，她的前夫仍在铁窗中度日，她年幼的女儿还撂给她妈妈照看着……这些事情本无必要向外人和盘托出，每个人都有权在心里给自己的隐私保留最后一块地盘，这也是保护自己的一种手段。只是，当男人知道真相后，他必然会失望，彻底失望，而那颗失望的种子一旦在心里生根发芽，就一定会长成参天大树。也许正是这个原因，杨开泰果断地决定让孟双“滚犊子”。

许久之后杨开泰才深切认识到，绝对不是所有歌厅小丫蛋儿都那么容易泡到手的。杨开泰去唱歌找张玉袖陪，这很正常，张玉袖对他有好感这也是事实，可是翻来覆去总那么几首歌就没劲儿了，于是决定换个玩法，改去酒吧喝酒。孙炳义充当了杨开泰寻欢作乐最坚定的同盟者，他总是开着他那辆破切诺基给杨开泰当司机。问题是，张玉袖是要坐台赚钱的，要是总跟杨开泰出来喝酒就没得赚了，再加上碧海蓝天对丫蛋儿管理得严，即使客人很少也不能随意离开。有那么一段时间，孙炳义开着切诺基拉着杨开泰，埋伏在KTV附近，这边用电话遥控着，等那边坐了一台拿到小费后，便拐带着另外一个丫蛋儿悄悄溜出来，上车一溜烟开走了。当然，也有被领班扣住走不脱的时候，外边车上的两个人急得抓心挠肝却也无计可施。带张玉袖和她的一个小姐妹去酒吧喝酒，杨开泰并不吝惜小费，在这儿喝跟在KTV里面喝，感觉虽然不一样，但规矩是一样的。那时候玉城的娱乐场所小费低廉，50块钱就够，杨开泰他们通常是给100块钱，说得也很直接，这是你们两个人的份儿，张玉袖并不推辞，心安理得地收下。这么持续了一个多月时间，有天孙炳义把人接到红磨坊酒吧之后，喝了一点儿酒就领那个叫菲菲的小丫蛋儿走了，说出去兜兜风，丢下杨开泰和张玉袖扬长而去。两个人心照不宣地慢慢喝着，一边等人，一边闲聊，不免有些心猿意马。后来，在酒精作用的掩饰下，两个人抱作一团，还接了吻。等到过了12点，孙炳义的电话都没来，而张玉袖已经回不去碧海蓝天的宿舍了。杨开泰顺水推舟找了一家宾馆，开了间房，只剩下最后一间，不带卫生间的，好在还有空调。看张玉袖喝得满脸红润，有些神情恍惚，就没换地方，将就一个晚上算了。杨开泰搂着张玉袖坐了一会儿，只能极力压制着内心的欲望，老觉得不能乘人之危。正是炎热的夏季，张玉袖穿得轻薄，杨开泰很容易把裙子给脱下来，并盖好了毛巾被，正要抽身离开，张玉袖一下子紧紧地抱住了他。于是两个人手忙脚乱地做了一回。那天晚上，直到杨开泰离开，张玉袖一直用毛巾被盖着脸，没说一句话。

在秋天之前，张玉袖从碧海蓝天的宿舍搬出来，住进了梅园小区的一个双室，是跟别人合租的，室友是个护士，经常值夜班。按照杨开泰的想法，最好是租个单室的，可是这样的房子不好找，而合租相对容易并且便宜一些。梅园是个比较古老的小区，美其名曰小区，却连物业都没有。房子的条件自然也差些。但是，总算有了个窝，比去酒店好多了，毕竟酒店不安全，遇到熟人扯不清。

整个冬天，杨开泰一直是在张玉袖那张木床上约会，两个人在床上做暖身运动，乐此不疲。有一回运动完，张玉袖对杨开泰说，以后我就叫你“三哥”吧，你知道我为啥这么叫你吗？杨开泰说哥是聪明人，我猜你是想到了“三阳开泰”这个词儿吧，叫“三哥”也很不错呀，比“杨哥”好。张玉袖在杨开泰赤裸的胸前划拉一下，汗怎么还没消，扯过干净的毛巾擦了擦，说我想的可不是这个，你知道吗？因为你是我的第三个男人。架不住杨开泰追问，张玉袖说起她“大哥”，当年她打工的饭店老板的弟弟，以谈恋爱的名义夺取了她；而“二哥”则是她在弓长岭某歌厅遇到的一个开矿的老板，玩腻了便甩了她。

因为交往多了，不光孙炳义，其他一些哥们儿也知道杨开泰有个长得像明星的女朋友，而张玉袖的一帮小姐妹，逐渐跟杨开泰也熟稔起来，有跟着叫三哥的，也有叫姐夫的，叽叽喳喳闹个不停。菲菲、小陶和林芳是跟张玉袖最要好的三个朋友，更是跟着蹭了好几顿酒喝。她们也经常到张玉袖租住的地方来玩，为了方便，甚至配制了一套门钥匙。有一回，杨开泰借出差的由头在这里过夜，清晨哗啦一声门响，那三个人竟然开门进来，带进来一股寒气。本来是找张玉袖打麻将的，看到杨开泰也在，都吃了一惊，不好意思地笑了，说姐夫在，那就不打扰你俩的好事儿了，又都风风火火地走了。

很难想象，张玉袖会跟这几个小丫蛋儿成为好朋友。菲菲像个没心没肺的小孩子，应当属于那种快乐重于赚钱的类型，活得率真洒脱，花钱如流水，小费没少赚，卡上从来没存下多少钱。到KTV玩，都是客人选丫蛋儿，到她这儿颠倒了，她看不上眼的，一甩手，走了。曾经跟孙炳义来往了一段时间，无疾而终，不过显然这并没给她造成多大影响。小陶年纪最小，却颇有心机，精心打扮成清纯少女，看似漫不经心，其实心思绵密，早经过多次预演彩排，能把客人哄得特高兴，屡试不爽。客人高兴了，小费就给得更大方了。有人尤其喜欢这一款，下了血本泡她，但无论怎么勾引，就是不上钩，她抱定一个信念：趁着年轻多赚点儿钱，到时候找个好人家嫁了。花钱有点儿抠，吃穿用度都比较俭省，所以据说才出道一年多，攒的钱已经超过了6位数。这令人敬佩，要知道，这个丫蛋儿是卖艺不卖身，从来不陪人出台的。而林芳则是另外一个类型。她的情况跟孟双差不多，都有个孩子要养，老公在某个镁矿上班，叫矿石砸断了腿，也把家里的经济来源砸断了。矿主没赔多少钱，而儿子嗷嗷待哺，迫于生计，林芳出来当了歌厅陪酒。她不仅陪唱陪喝，也陪睡，眼里几乎全是钱，什么钱都挣。杨开泰讨厌钻进钱眼里的女人。不过就是这个林芳，因为后来发生的一件事儿，也让他对她的印象有了极大的改善。

转过年来初夏的一天，海之路过玉城，在这里逗留了一个晚上。这一回，海之没有惊动曹遇春，而是直接找到杨开泰。杨开泰对个中原因早就心知肚明。曹遇春曾经介绍过很多文学圈子里的朋友给杨开泰认识，很多人最后都跟杨开泰成了好哥们儿，交情之深竟远远超过他这个牵线人。这看似匪夷所思，实际上不难理解，文人也是人，再清高也要食人间烟火，迎来送往、礼尚往来是个再简单不过的道理。你不能因为自己写得好，名气渐渐大了，人们都得仰视你，就得宠着你。曹遇春身上最大的问题可能是，他在做人方面并没有他的作品所呈现出来的那种大气。两个人认识得比较早，曾经一起喝了无数顿酒，在杨开泰的印象中，曹遇春好像从未做过东，买过单。习惯了，也就没什么可挑的，他并不觉得委屈。哥们儿之间，吃吃喝喝，谁掏腰包都无所谓。但是，在别人那里可能就不一样了。你写出了好作品，我对你敬佩有加，但若你在做人方面差劲儿，我就选择离你远一点儿，这是自然而然的一件事情。交朋友就得交讲究的人，没有谁天生就高人一等，无论如何做人的根本不能丢。海之是个诗人，率性而清高，但对人情世故看得极为透彻，他知道来玉城应该找谁。杨开泰是个可以信赖、让你心里踏实的哥们儿，错不了。

晚上喝酒时就没找别人，杨开泰，海之，张玉袖和小陶。海之看着张玉袖眼熟，眼神里闪过几丝狐疑。杨开泰搂过张玉袖说，这么说吧，那次你来，我是准备把她介绍给兄弟你的，不过现在，兄弟媳妇变成嫂子了，这可不赖哥不仗义呀，哥绝对没有横刀夺爱，一切都是机缘巧合。海之喝酒易兴奋，小陶又会劝酒，几瓶酒下肚，撸胳膊挽袖子即席赋诗一首，献给漂亮的小陶妹妹，再赋诗一首，献给小嫂子。又说，光朗诵不行啊，得唱。于是去KTV鬼哭狼嚎了几个小时，然后去烧烤店闹到半夜。该睡觉了，海之想把小陶带走，可小陶说，遇到这么有才气的诗人哥哥，妹妹恨不得马上以身相许，但是不行啊，我那个来了，真的很抱歉哪，让玉袖姐再帮你安排一个吧，包你开心，哥你下次来，我一定好好陪你。肥水不流外人田，于是张玉袖找林芳陪的海之。事后，林芳知道是杨开泰掏的小费，死活要给退回来，说不能谁的钱都挣，三哥请客，就当我是友情客串，义演一把，怎么能坏了规矩呢。张玉袖悄悄去杨开泰媳妇儿开的那家专卖店，买了一套衣服送给林芳，林芳推让了几次才收下，又回请了一顿大餐才罢。让杨开泰心里好生感慨。

多年之后，杨开泰还会经常想起，假如没有张玉袖的两次怀孕，那自己会不会就这么一直跟她好下去？每次都没有得到一个明确的答案。

在杨开泰的心里，无论是供职高尚场所的良家妇女，还是在KTV陪唱的小丫蛋儿，这本身没有什么不同。若是出于男人自私的考虑，那欢场中的女子似乎更容易被“拿下”，在某些时候更容易摆平。在与张玉袖交往的过程中，肉欲显然占了相当大的比重，几乎可以肯定地说，两个人在相当长的时间里沉湎于官能的快乐中无法自拔。可是，要是说两个人在一起仅仅是为了床上那点儿事儿，那也不是事实。世间女子中，拥有青春勃发的身体的，不止张玉袖一个人。张玉袖也许算不上漂亮，但她善良，不贪财，善解人意，并非所有女人都能做到这一点。两人好上后，杨开泰除了偶尔给她买套内衣，换个手机，交个房租，也没怎么给她钱花。逢年过节过生日给她个红包，张玉袖总是推辞，说，三哥我自己有钱，等我需要钱的时候，再跟你要好了。张玉袖也给杨开泰买过毛衫、腰带什么的。她开玩笑说，三哥你知道为什么送你腰带吗？就是要拴住你，你就不会到处拈花惹草啦。这一点，倒是符合杨开泰对女人的期待的。其实奥妙可能就在花钱的心理上。两个人好，同样是花钱，你得让我主动、心甘情愿地掏腰包，如果你开口，那性质可能就变了。

欢愉是有代价的。光知道舒服，一不小心，张玉袖有了。那是张玉袖第一次怀孕，把她吓够呛。问杨开泰，三哥，过好几天了都没来，我是不是有了？这可怎么办哪？我年纪轻轻就大肚子了，会叫人笑话。又说，要不给你生下来？就怕和他爹一个样，长一双色眯眯的小眼睛。当然不能留，这是不容商量的事情，选择只有唯一的一个，做掉。于是趁着肚子还没鼓起来，做了。看到张玉袖承受了那么大的肉体痛苦，杨开泰有些心疼，同时还有一个隐隐约约的想法冒了出来：虽然他不该来，但那也是一个小生命啊，在尚未成形的时候就灰飞烟灭了……张玉袖暂时不去KTV上班了，在家休养，那帮小姐妹轮流去照看她，年轻，恢复得很快。

接到电话时杨开泰正跟单位的一帮同事打麻将，听得出张玉袖的声音很急，牌正兴着，就没当回事儿，继续玩。结果又打了一个小时，把之前赢的统统倒了回去，差点儿倒贴。常打麻将的人都知道，打麻将是有某种场存在的，比如边上多了个看热闹的人，比如中间接了个电话，等等，这都可能扭转牌局。先赢后输，心里悻悻的，打通张玉袖的电话，她说话都带哭腔了，她说三哥，我爸住院了，我卡上的钱不够，再给我拿点儿钱吧。杨开泰哦了一声，知道她在车站急得直跺脚，就打车过去给她送去2000块钱，把票退了，雇了一辆出租车走，还安慰她别着急，没事儿的，钱不够再给我打电话。嘴上这么说，心里很不爽，有个念头一闪而过：她爸是不是真的病了，怎么会这么巧？又一想，张玉袖应该不会这么做，兴许是她那帮小姐妹怂恿的，像林芳曾经一年过了四个生日，赚得男人的钱财无数，没准她真能干出这种事情来。

张玉袖回来后给杨开泰打了好几个电话，杨开泰推说单位忙，明显能听出语气的冷淡。再次见面时，两个人的心里就生了嫌隙。张玉袖满肚子委屈，就问杨开泰怎么了？我为你打胎，我爸又病了，你却不咸不淡的，你心里还有我吗？说着，眼泪就下来了。杨开泰也很气恼，绷着脸半天没说一句话，最后咕哝了一句：袖儿，在哥心里你是个好孩子，可你心肠软，架不住别人在边上捅咕你。张玉袖立刻大了嗓门，你这说的什么话？谁捅咕谁了？你就是这么看我的呀？等我爸出院了，我凑钱还你。杨开泰情知说错了话，马上温言软语地哄她，好话说了三千六，两个人最后是宽衣解带，在气喘吁吁、挥汗如雨中达成和解。

男人和女人在交往中为钱闹了别扭，对感情的伤害是巨大的。两个人刻意地减少了见面甚至打电话的次数。在床上精力也不集中，有时候身体也不听从欲念的指挥。由此可见，男人和女人的身体倘能深度地结合，必须有两个条件共同起作用，有欲望，更要有好感，无情之性，好比是做饭水放少了，容易夹生。

事情出在张玉袖第二次怀孕上。她在电话里告诉杨开泰，这个月又没来，是不是又……杨开泰很气恼，啪地把电话合上了。接下来几天，张玉袖连着打了几次电话，杨开泰都没接。男人在这个时候大都是自私的。他怀疑如果有了，很可能不是自己的。从上次到现在，一共只做了两三次。而且，谁知道在这段时间里，她会不会又靠上了别的男人呢。很久之后，杨开泰还为自己冒出这种龌龊的、推卸责任的念头而陷入深深的懊悔和自责之中。

此后张玉袖再也没有跟杨开泰联系。直到有一天，有一个陌生的号码打进他的手机，接通之后，电话竟是张玉袖的小姐妹菲菲打过来的。她说姐夫你快来，玉袖姐晕倒了，现在在玉城第三医院呢。

病床上的张玉袖正在打点滴。一身睡衣全被汗水浸湿了，斑斑驳驳的印痕很显眼，披头散发，很憔悴的样子。那些丫蛋儿识趣地离开，只剩下两个人，都不说话。张玉袖紧咬着双唇，泪水在眼圈儿里打转，眼睛紧盯着杨开泰，那眼神刀子般犀利，似乎要把他剖开看个明白。杨开泰情知那个复杂的眼神里面有委屈、有质问，也有怨怼和恨。他不敢对视，只是走近前去，轻轻搂住了柔弱无助的张玉袖。张玉袖的泪水无声地滚落，突然一把抓过杨开泰的左臂，狠狠地咬了一口。杨开泰强忍剧痛，落荒而逃，把张玉袖压抑已久的号啕哭声关在门里。多年以后，杨开泰一直记得张玉袖刀子般的眼神，以及那种痛彻心扉的感觉。

此后的好长一段时间，杨开泰相当消沉，几乎天天泡在酒吧里。孙炳义这哥们儿还算讲究，一直陪伴在他身边。人生低谷时，身边朋友的陪伴是很可贵的。借酒浇愁之余，上上网，再不就去媳妇儿的服装店待一会儿。媳妇儿打理店里的生意忙得脚打后脑勺，但对杨开泰的变化自然是敏感的，以前几乎天天在外边应酬鬼混，突然间闲下来，这可是破天荒的事情。但她也不说破。男人在外边折腾够了，累了，总要回家的。回家就好。

那段时间，跟杨开泰去红磨坊酒吧喝酒的，只有为数不多的几个人，那都是他心目中的好朋友、好兄弟。有时候就跟孙炳义两个大老爷们儿喝，当初去歌厅消遣取乐的心劲儿早已荡然无存。都不怎么舞舞扎扎吹牛了，也听孙炳义在那里诉苦。孙的生意渐渐走上正轨，车先后换了好几辆。他说这没什么眼红的，都是顶账来的。别人欠我的货款，弄辆车给我了，我再顶出去。今天我开捷达，没准哪天我就坐上奥迪了。偶尔也唠女人的话题，比如说到现在已经换了几个了，这么长时间以来，对哪一个印象最深之类。大约每隔一个礼拜，杨开泰都要找曹遇春喝顿酒。他谈的都是一些文坛上的事情，谁谁谁，怎么怎么，自己最近又写了什么，发在哪家刊物上，被某某刊物转了，获了一个什么奖。也规劝杨开泰，兄弟你别总吃喝玩乐，还是沉下心来写点儿东西吧，我帮你推出去。杨开泰相信这是很真诚的建议，但是这又有什么用处呢。关键时刻，文学能让一个人揪成一团的心松弛下来吗？

在那段灰暗的日子里，还真有两个女孩陪杨开泰喝过酒。一个叫张小雨，清纯靓丽，是在网上聊上的网友。喝了两次酒，就上床了。完事儿后，大言不惭地向杨开泰撒娇，老狼哥哥，我在商场看中一件小衫，才380块钱，支持一下嘛。杨开泰笑吟吟看着这个漂亮的女孩，打开钱包，数出500块钱给她。然后在QQ上把她的名字拉黑，又把她的电话号码删了。

另一个是菲菲。那天杨开泰一个人去红磨坊喝闷酒，巧遇菲菲，是跟一个男人来的。不久那个男人有事儿先走了，菲菲就过来坐坐。两个人喝了许多酒。喝到最后，菲菲也有点儿多，抢着话头说，姐夫，哦，杨哥，其实玉袖姐是个好女孩。她对你那么好，你对她不公平。好不好，你自己心里应该清楚。旁观者清，我们这帮小姐妹在旁边可是看得清清楚楚。不管怎么样，她为你打了两次胎。两个人在一起靠的是什么，是信任。没有了信任，就什么都没了。玉袖姐不是那种随随便便的人，她跟你好，把你当成了她的依靠，可你却让她的靠山倒塌了。其实，我们也知道你对她好，都知道你是把她当成一个女人来好的。有时候我想，要是有像姐夫这样的一个男人对我那么好，我就知足了……杨开泰抄起电话，想打给张玉袖，摁完了号码，寻思半晌，却没有拨出。那天临走时，杨开泰拿出2000块钱，跟吧台要了个信封包起来，让菲菲转交给张玉袖。让她补补身子吧，言语之间有些哽咽。菲菲说，姐夫，杨哥，你是个男人，就为了这个，我敬你一杯，干了！

过了两天，在菲菲把那2000块钱退还回来后，杨开泰打电话给张玉袖。电话接通了，没有人说话，里边有人在鬼哭狼嚎般唱歌，大约几十秒钟，就挂断了。次日是周五，下午跟一帮哥们儿打麻将，没打几把牌，张玉袖的电话进来了。杨开泰叫来另一个哥们儿替自己玩，两个人约到红磨坊见面。酒吧下午人少，开始就他们两个人对坐着，点了一堆东西上来，谁都不动，不说话。张玉袖有了变化，发型变了，原先是随意地扎着，现在烫了卷发，妆有些浓，指甲也染成了亮晶晶的黑红色。长时间的沉默之后，张玉袖从包里掏出烟，兀自点上了一根，深吸一口吐出来，却被呛得咳了一下。杨开泰下意识绕到对面，轻轻拍打她的后背，一下子把张玉袖的泪腺给拍开来，眼泪如决堤之水，咆哮而出。两个人就那么搂靠着，良久，张玉袖才抽噎着对杨开泰说，三哥，你咋那么狠心呢？我一心一意对你，你却不要我了，把我抛给了别人，你到哪里去找我这么好的人，你真的就那么舍得，那么忍心？

那个下午两个人喝了好多酒。酒精中混杂着大量的车轱辘话，这些话在后来两个人有限的交往过程中数次被提及。张玉袖说，人都是有感情的动物，哪怕是养个小猫小狗吧，时间长了，也都有感情了，咱俩都两三年了，你怎么那么快就忘记我了呢？张玉袖说，两个人的感情就像烧水，把凉水烧成热水，需要一个慢热的过程，热水也会慢慢凉下来，要想保持温度，就得不断地添柴火。张玉袖说，我不是贪图你的钱才跟你好的，这个其实你心里比我清楚，菲菲拿回来的钱，我没有理由要。张玉袖说，有好几次，我去你媳妇儿的那个专卖店了，那是个好女人，那么能干，真羡慕她，我也看见你女儿了，小鼻子小眼的，跟你很像啊，有一天我还看见你了，你在收银台的电脑上鼓捣什么，没抬头，我赶紧跑了。张玉袖说，三哥，我想你，也恨你。张玉袖说，你也想我？拉倒吧，你这么说鬼才信呢，我不信，换个地方？不去！张玉袖说，现在我也是名花有主的人了，不能太随便了，你是问“四哥”是谁吗？我偏不告诉你。张玉袖正好接了个电话，对着电话里面说：我能干吗，喝酒呢，现在回不去，别唠那些没用的，滚！张玉袖看着杨开泰说，你猜是谁打来的电话？你“四哥”，哈哈……后来张玉袖平静下来，那是因为杨开泰跟她说了这么一句话。杨开泰动情地说：袖儿，无论怎样我都没法忘记你。因为你是走进我生命的女人，确切地说，你是我生命中的女人中的一个。

那天到最后，杨开泰大概记得张玉袖还说过这么一句话：三哥，别说你错过了我，只要你真的想我，你就一定能找到我。

张玉袖现在跟一个姓汉的男人在一起。这是个古怪的姓氏。“四哥”老汉家住乡下，手头有俩闲钱，正赶上张玉袖对杨开泰爱恨纠结之际，软磨硬泡把张玉袖弄到手了。很奇怪善解人意的张玉袖在老汉面前似乎很强势，她经常会呵斥老汉“滚”，那是杨开泰经常使用的口头语，被张玉袖拿去用了。感觉老汉似乎从来不恼。他帮张玉袖另外租了个房子，是个单室的楼房，不常来，每次来了，跟张玉袖睡一觉，撂点儿钱就走。杨开泰偶尔偷偷摸摸去张玉袖的房间，做贼般跟她温存；或者把张玉袖约出来吃顿饭，唠点儿闲嗑儿。上秋的一天，杨开泰跟曹遇春在玉来顺吃火锅，看他愁眉苦脸的样子，似乎把美酒喝出了毒药的感觉，就打了个电话给张玉袖。不一会儿，张玉袖带了个高挑的女孩来了，介绍说这位妹妹叫婷婷，新来的。曹遇春见到漂亮女孩，立刻妙语连珠，酒喝得也顺了。张玉袖经过多年的历练，酒量还是不行。一杯白酒下肚之后，脸色潮红，话说得也有些不利落，又执着地捡起了陈谷子烂芝麻，说三哥……你不够意思！对我真不够意思，居然不要我了……杨开泰也飘了，说我知道我知道，可无论发生什么事情，你都是我的女人，你是我生命中的女人，这一点任何时候都不会改变。曹遇春跟婷婷一前一后去卫生间了，张玉袖打断了杨开泰的絮叨，用异常清醒的语调说，你这个哥们儿很能装，也挺色的。那个晚上，后来发生了什么杨开泰已经记不得了，只记得他翻来覆去就是一句话：你是我生命中的女人……女人之一……

转过年后，杨开泰接到了海之的电话，说他读到了曹遇春写的一篇小说，被名刊给转载了。海之说，我看里面的很多故事，似乎都是在写老兄你呀。杨开泰找到那篇小说，作者正是曹遇春，不用对号入座，那显然就是在拿杨开泰开涮。一个作家从声色犬马的生活体验中汲取灵感无可厚非，但正如海之所说，这种贬低身边哥们儿的做法实在太不厚道了。

张玉袖跟“四哥”大约只好了一年左右的时间。那一年的时间以及之后的一段时间里，她频繁地回家相亲，其中一个是她初中的同学，两个人彼此都有好感，要不是后来他家访知她在玉城的歌厅里当陪酒女，差点儿就成了。最后，有人给她介绍了一个韩国人，是那种有偿的跨国婚姻，到了那边还可以打工赚钱的。

某一天，杨开泰接到了一个开头是个“+”号的电话号码，满腹疑惑，接通了，那边竟然是张玉袖。难得她还记得杨开泰的号码。她告诉他，她申请了一个QQ号码，以后有机会，就可以上网聊天了。杨开泰加了那个号码，头像却总是灰灰的。终于有一天张玉袖在线，开了视频看她，依然是那个清清爽爽的样子，倒是成熟了许多。张玉袖打字慢，半天才发过来一段话：三哥，你还好吧？

杨开泰鼻子一酸，眼泪差点儿流下来了。他说，玉袖，你一个人在异国他乡不容易，多保重吧。

又过去了几年。有一次杨开泰跟孙炳义去“乐雪”洗桑拿，在休息大厅做足疗，给他服务的竟然是孟双。岁月无情，人老得真快呀，细看孟双那张圆脸上，眼角都有细细的皱纹了。提及她这些年来的生活，说是跟一个叫马老五的人好了一段，现在自己孑然一身，在这儿赚得多一些，孩子都上小学了。说起张玉袖，说她在韩国挺好的，好久都没有联系了，不过前段时间听说怀孕了。孟双说，杨哥，有时间咱们出去坐坐吧，我请你。杨开泰笑了，没吱声，心里掠过一个念头，孟双身上的皮肤肯定跟从前一样白吧。做完了足疗，又做了个松腿，杨开泰对孟双说，孙总请客，你多下两个单子吧。

杨开泰在张玉袖的QQ空间里看到了一个相册，大都是一个老男人、一个小男孩和张玉袖的合影，很显然那是其乐融融的三口之家。他那颗多年来牵念不绝的心一下子释然了。

不许玩赖

就像打麻将，抓了一手好牌，但不一定能和。

——题记

老俞的麻将馆在不到一个月的时间里两次犯赌，所幸我都没在场。第一次事后证明是一场虚惊，不过是在联社内部泛滥的一则假消息而已，受此影响，麻将馆连着好几天门可罗雀，等到了周末我从鞍山回来，才恢复正常。在麻将桌上，牌友们是把这当成一桩笑话来议论的，老俞赔着笑脸不厌其烦地辟谣，老孙则大骂造谣生事之人。假消息的源头无法查明，但麻将馆又正常开了，老俞每天又能有好几百块钱进账，事情也就不了了之。

谁都没有想到，时隔不长时间，老俞的麻将馆又犯赌了，这回是真的。北门派出所接到报警出现场，把一局打小麻将的老娘儿们给收拾了。四个女人把桌面上的和兜里的钱都上交了，还被带到派出所做笔录，差不多折腾到半夜。据老宫描述，当晚只有两局，靠窗的大间被那四个女人给占了，因为她们来得早，根据先来后到的规矩，所以即使只玩小五元的，那也只能给她们用。老宫、老陈、老任和老程这一局老年队，由于老陈的习惯性勒局，比预定时间晚了足足半个小时，只好退而求其次，随便找了一间，反正剩下那三间都比较逼仄。老俞和老孙两口子都没在，只有服务员一个人，把水果和茶水弄妥后，就在楼下一边上网，一边应付几个来看书的小青年。几个警察着便衣，也不理会服务员的询问，径直就朝楼上走。也合该出事儿，在通往二楼的楼梯上设有一道门，通常情况下都是上锁的，不知什么原因那天晚上竟然没锁，几个警察顺利冲上了二楼。老宫说，警察先是推开他们这间，估计是轻视了这几个老家伙的缘故吧，再加上桌面上没有钱（钱都放在麻将桌的翻盒里面），竟然没有多加理会，循着洗牌的声音朝最里边那间扑去。他们这几个小老头儿小老太太因此侥幸漏网。

我知道这个消息时，正跟小叶在一起。别想歪了，我们之间可绝对是纯洁的友谊，我们没干别的，我俩只是在哥伦比亚喝咖啡而已。因为接听老李的电话，我没注意面前的蓝山是刚刚续杯的，端起来啜了一大口，把嘴烫了，我恨不得把舌头吐出来丢到窗外去。烫的是我，疼的好像是小叶，看她心急火燎的架势，就差用她那甜美的红唇和柔软的香舌来帮我止疼了。瞧，多么善解人意的好妹妹呀。当时我也没有多想，因为我心里塞满了疑惑：老孙为人低调，对朋友厚道，老俞虽然偶尔露峥嵘，但办事儿也还中规中矩，这两口子到底得罪谁了呢？

老俞开麻将馆是在她当上信贷部主任之后不久的事情。那地方原是一家“晴耕雨读”书社，这名字太有诗意了，字写得也好，是玉城当下著名的书法家之一程老师的墨宝，雕刻在木制的牌匾上，黑地绿字，很有品位。里面专门租售青春读物、时尚杂志、教学辅导之类的书籍。老俞把书社兑过来，一楼还是那些书，或租或卖。此外还增加了文具、饮料、烟，以及一些泡面、火腿肠、小菜之类的食品。家里的电脑搬来了，闲时可以上网消磨时间。重点内容在二楼，原先是空置的库房，老俞给隔出四个房间，买了四部电动麻将机装上，一个挂羊头卖狗肉的麻将馆就开张了。朝南靠窗的那间最大、最宽敞，剩下那三间，因为留出一条走廊的缘故，就显得比较逼仄。其实北边靠窗那间够狭长的，因为安放了床和锅灶，感觉也挤挤巴巴的。在南侧的两间房之间的墙壁上掏了个洞，挂了一台空调共用，北侧的两间则备有电风扇。夏天我们在这里打麻将时，都尽量早点儿过来，好占住南侧靠窗那个大间，用某些同志的话说，在大间里打麻将，哪怕输钱心里也敞亮。

我通常总是最守时的那一个。既然已经约好了时间，比如说上午11点，或者晚上6点30分，那就尽量在承诺的时间之前赶到。遵守时间不迟到，我觉得这是做人最起码的本分。当然这也不能完全上升到诚信的高度，计划没有变化快，这个谁都理解。比如说开车，虽说玉城是个小城，但有关部门也经常给市区道路开肠破肚，塞车总是难免的；又比如打车吧，玉城的出租车少说也有五六千辆，可有时候，可能在半小时内愣是没有一辆空车停下来。这边老俞就催，说不如走来了，要是走，都能走两个来回了。我讨厌的是另外一种故意的拖延时间，“勒局”就是指这种情况。有些人，比如老陈，明明已经准备妥了，却不急着动身，故意吊一吊你的胃口，其他三个人等得不耐烦才好呢。据说有人打麻将专门迷信这个勒局法，磨磨蹭蹭最后一个到，让其他人等得心焦，胜算似乎就多了几分。我后来总结出了“六不玩”，就包括了这种情况，从此把老陈等人排除在外了。

我还好，在等人时不像他们那样焦躁不安，因为我可以翻一翻“晴耕雨读”的书。凭我二三十年的读书经验，我可以断定，这儿的书没有一本是正版的。盗版书有好多种，其中有两种比较典型：一种与正版无异，只是印刷厂捅的猫腻，偷偷摸摸多印了几千几万册，通过非正常渠道流入市场，这算是好的；另一种根本就是假书，就是凭空编出来的，我就纳闷了，那些动辄上千页、印刷粗糙的大部头言情小说到底是怎么炮制出来的呢？如今这网络时代，只要上网点几下鼠标，一本粗制滥造的书就成型了，连剪刀和胶水都省了。老俞这儿，多是后一种盗版书。我在等人的间隙，看到来租书或者就在这里搬个小凳一看就半天的，多是十五六岁、学生打扮的半大孩子，心里隐隐地有些疼。这种书误人子弟，害人不浅哪。但我没敢说出来，怕听的人觉得我矫情。我只是跟老俞开开玩笑，说你这个居心太险恶了吧，一楼弄个小书店，来玩的人进来就看书（输），那还有个赢啊？

说起来我跟老孙和老俞有超过二十年的交情了。其实每个人的身边都会有这样一个朋友圈子，虽然有时候若即若离的，但这个圈子之间的来往从来没有因为一些社会琐事而断过。二十多年前，我一毕业就陷入一场难以自拔的失恋之中，形影相吊了好几年。我的下届校友兼同事小刘的老公小卢是工商银行的职员，小卢跟小俞（老俞那个时候当然是小俞）也是同事。不知怎么提起这个话茬儿，要帮我牵线搭桥，把小俞的高中同学介绍给我。经过几个人接力式的不懈努力，小俞的同学小李终于成了我的新女朋友。瞧，够复杂的吧。再通过小俞认识了他的男朋友小孙，又陆续通过各自不同的关系认识了小赫、小张、小段等哥们儿。那时候我们哥们儿也经常聚会，地点不是饭店和烧烤摊，而是在自己家里弄几个菜，哥儿几个吃吃喝喝。去的次数比较多的是小赫家。小赫家住玉城棉织厂沟里的红砖小二楼上，有一手好厨艺，所以我们经常去他家打麻将，赌注小，输赢不大，最后还能撮一顿，那种简单的快乐和满足感至今让人难以忘怀。或者就是在我家，新华书店后的大平房，有满院子的葡萄，夏天我们基本上是在葡萄架下支上麻将桌玩，我媳妇儿小李做菜也不赖，但是等到炖鱼时，还是要请小赫出马，因为大家一致反映他做得更好吃。有一回他炖鱼居然往锅里倒进去整整一瓶啤酒，让我大开眼界。那个时候我们都刚刚结婚，条件都一般，唯有小孙家的条件好，因为他家老爷子时任玉城畜牧局局长。他俩跟老人住在一起不太方便，所以我们去他家的次数较少，但仍有两次印象颇深。一次是小孙生日，小段、小赫、小张和我，五家人都没有小孩，十个人团团围坐，大吃二喝。五个小老爷们儿共喝掉了六瓶白酒，要不是媳妇儿们拦着还想再开一瓶，而且把小孙准备串门用的铁皮罐装草莓罐头风卷残云全给造了。关键是谁都没醉，我还晃晃荡荡骑着自行车把小李载回家了。二十年过去了，能喝一斤二两白酒并且基本保持清醒，这成为我们后来的喝酒生涯中难以再次企及的一个高度。另一次是在他家烧烤，在屋里有一局玩扑克，一局打麻将，吃的人多，干活的人少，在外边忙活的小孙跟小赫两个人供不上，干脆往肉串上多撒盐，把贪嘴的几个人齁着了，屋里的人在骂，外边的人在笑，多年之后的今天，每当我想起这些往事，心里都会蹿起一股异样的温暖。

现在我经常回忆，总是想起从前的人和事儿，有人说这是变老的征兆。我承认。那个时候我们才二十多岁，现在都四十多岁的人了，人过四十天过午，人生的太阳眼瞅着就要斜下去了。在我的记忆里，我们这个朋友圈子就是从当初这种简单的快乐中一步一步走过来的。中间倒是有那么几年各玩各的了，联系得淡了，但是到现在，这一帮兄弟又不由自主地重新聚到了一起，只是，哥儿几个早就不是当初那种简单、青涩的模样了。有的当官了，老孙就官至玉城政府办副主任，老臧当上了地税局党组成员、办公室主任。有的发财了，老赫经营老玉精品店，赚得盆满钵满。老王，也就是团长，镁砂生意也还不错；多年以前，他的儿子被绑架撕票，成为他心中永远的痛。现在他又有了一个女儿和一个儿子，前者是跟媳妇儿生的，后者是跟情人生的，被他养在鲅鱼圈某个不错的小区里面。老汪这几年的生意感觉并不顺，开始是跟着他大舅哥干，后来自己单挑，资金链断裂加上镁制品市场走软，他的那个厂子感觉也没怎么赚钱，车倒是换了一辆又一辆，钱是借了一家又一家——他的特点跟当年团长一样，就是不爱还钱。老张在畜牧局上班，老肇则开了个红太阳酒业，听说也赚着了。这两口子据说因为老张的外遇被老肇抓了现行，离了婚，又复婚了（一说是在一起住，没重新领证）。老赫的情况则不同，他跟老郝离了，跟老刁又结婚了。有的生病了，老章患肠癌动了刀，化了疗，现在恢复得很好；老赫也因为胰腺出了毛病，住过几次院，连酒都戒了，哥儿五个喝六瓶白酒的经典故事恐怕再也无法演绎了。小王在他老丈人的家族企业中干活，力没少出，钱没挣多少，弄得心里很不平衡。活得最潇洒自在的是老段，他原任粮食局下属某厂副厂长，改制后失业，通过同学关系一直待在体制内混日子，在法院具体干什么不清楚，每个月拿回家不到1000块钱。可惜他没赶上好时候，想当年他爹是城镇粮管所所长，在玉城也是说上句的风光人物呢。现在他跟老梁每个月收入不多，日子曾经也过得捉襟见肘，但却依然保持着乐观心态，隔三岔五下馆子炒俩菜，弄点儿小酒喝喝，还经常招集一帮人去东山公园锻炼，给人的感觉是深谙养生之道。当然还有几个哥们儿，我已经差不多有十年没见到他们了。

至于我，我把自己定义为“候鸟人”。现在有许多像我这样的玉城人，平日在鞍山上班，只要没有特殊情况，到了周末，再回到玉城，如此周而复始。有一些是单位的领导或者下面部门的头头，那还好一些，像我这样做了很多年科员的，个中辛苦滋味，旁人无法知晓，好在我已经适应了。实际上，我对这种状态还是比较满意的，因为这很契合我的散漫性格。生活是有惰性的，婚姻尤其如此，无论多么美和理想的东西，时间长了总会变得麻木不仁，就夫妻而言，短暂的分离以及肉体的缠绵绝对是一剂效果良好的婚姻润滑剂。在去鞍山之前，我们有时候好几个月才做一次，现在只要老李的身体没啥特殊状况，差不多每周都会要她一次。老李可是我亲媳妇儿，作为一个男人，无论我多么想在外面彩旗飘飘，但我要确保这面红旗屹立不倒。当然，我每到周末急着想回家，除了想当一个称职的护旗手，还有一个重要的原因，那就是我热爱打麻将，总想找个局玩玩，过把瘾。

实际上一开始我对打麻将没有什么好感，还很奇怪为什么大家会对这个如此痴迷。因为不会玩，所以觉得无聊，烦躁。刚参加工作那阵子，我饱受失恋的痛苦煎熬，干啥都没心思。我的同事孙晓双算是我的麻将师傅，他说打麻将第一简单，第二有意思，并指点我一副牌应该怎样才能上听，才能和。我是个聪明好学之人，慢慢地，便对打麻将产生了浓厚的兴趣。刚学会，瘾大，常常战得天昏地暗的。记得最疯狂的那次，我们四个差不多连轴转打了一天一夜。四个人中，有王局长，当时丹东派下来的单位领导，还有我，我们两个住单位宿舍；我同学刘军，当时在印刷厂；还有一个是姜文广，在百货大楼。那时候刚刚实行双休日，是周六的下午放假，我们就从午后两点多开始，打了整整一夜，才弄了点儿饭吃。好在宿舍、小厨房以及工会活动室都在一层楼上，相隔不远，不用来回瞎折腾。补充了能量之后，谁都没有要散的意思，于是继续玩，直到周日下午4点钟。我记得当时我们的赌注是一毛的，最后清点战果，我输了两块六毛钱。四个人脸色青灰，胡楂子都顽强地拱出来了。

这种打麻将的狂热并没有维持多久。自从认识了小李并最终确定恋爱关系，到结婚成家从单位宿舍搬出来，我跟单位同事们就不怎么玩了，而是跟小孙、小赫、小段等一帮新哥们儿玩到了一起。赌注在一点点变大，从一毛钱涨到两毛，五毛，后来到一块钱。一块钱打了好几年。后来又涨码了，两块，两块五（号称小五元，或两块五抻直），五块，最后到十块钱。玉城打麻将的规则也在变化和丰富，摸宝了，带枪了，飘了，清一色了，四归一了，七对了，站立和了，溜达杠，吃杠了，十三幺了……讲究多了，和牌之后，算账就很麻烦。

这二十年中，恰好是中间那将近十年时间，哥儿几个反而是不怎么打麻将了，那时候流行的是唱歌、烧烤、桑拿、足疗等等娱乐项目（当然，现在依然流行），算一算，正处在我们这帮哥们儿三十多岁的黄金年龄段，除了玩，还有很多正事儿要干。当然最好的是二者兼顾，工作娱乐两不误。不说工作，只说娱乐，我的爱好就是打麻将，这是二十多年来我娱乐餐桌上不变的主菜，其他的都是配餐。跟这帮老哥们儿玩得少了，跟另外两拨哥们儿玩得就多了。在到鞍山之前，我主要是玩两种打法的麻将。一种是不断改进和完善规则的玉城打法，主要就是本单位一帮哥们儿，最后赌注是十块钱，死飘五十的，通常输赢在四五千块钱左右。我去鞍山后，这帮哥们儿加码了，还是打十块钱的，竟然死飘四百的，算整不算零，如果不和，一把牌最低要输出去八百，兜里不揣两捆大票是不敢上场的。我曾经数次向他们建议把赌注降下来，都是相处得不错的好兄弟，动辄一两万的输赢，总会伤感情的。开始我还经常去卖呆，后来也不敢去了。现在果然把好几个哥们儿给打靠墙了，基本上算是荒局了。另外一种打法是鞍山打法，这种打法跟玉城打法显著不同之处，是带混儿，算番，和得快。最初是鞍山派到玉城电力公司的几个领导把这种打法带过来的。鞍山公司先后给本单位派下来四位领导，刘、于、赵、刘，我陪着其中三位玩过这个，后一位刘领导个性鲜明，不爱喝酒，不爱唱歌，不爱打麻将，也不爱开会。领导不打，单位就逐渐没有玩鞍山打法的了，我就跟另一拨社会上的哥们儿凑了个新牌局。正是老臧把我带到那个圈子的。像财政局的老关，质监局的老石，联社的老梁，人民银行的老陈，检察院的老唐，再就是老臧的那帮地税局同事，像老宋、老张等人。对了，玉城这地方真的是太小了，不用绕多大弯子，就能把素不相识的两个人关联起来。有人说，在玉城千万别在背后议论别人，说不定你的对面或身后就有那个人的朋友或熟人。老宋正是我哥们儿老汪的二大舅哥，开始老汪就是帮他打理镁制品生意的。而时任玉城某银行行长的老陈，现在也成了“候鸟人”之一，几年前也调到鞍山，任鞍山市行的一个处长。老关现在是财政局副局长，是老李的高中同班同学。而老梁则是我偏岭中学的校友，比我高一届，是某乡镇信用社主任，跟老俞算是同事。我们的牌局就设在城东政府楼老石家。嫌手码牌慢，有人提议置办一台电动麻将机，于是老石真的就买了一台安在他六楼的家里。那时候比较好的电麻要五六千，现在五千块钱都能买两台功能更先进的了。其实这台电麻大家都有股份，老石至多算是垫付，因为凡是去他家玩的，只要和一把三家满，就抽出一百块钱，丢进他专门准备的大玻璃罐子里面。我的贡献最大，所以绝对是大股东，但是我在老石家输了不少钱，本着报喜不报忧的原则，并考虑到维持家庭和谐稳定的因素，具体数字就不披露了。我走之后，这个局据说也涨码了，不知道什么原因，后来也慢慢地停了。

六年前我刚去鞍山那会儿，每到周末回玉城，一般是去单位那帮哥们儿的牌局上卖呆，再蹭顿大餐吃，后来看得惊心动魄，都不敢看了。又转移阵地，到老段的妹妹小花开的麻将馆卖了几次呆。实在手痒，就招集几个哥们儿到我家里玩。赌注设定为小五元，这帮哥们儿之中，差不多总能凑上一局，哥们儿的媳妇儿们偶尔也加入战团，后来渐渐地演变成几个女人陪我打麻将了：老梁，老段的媳妇儿；老肇，老张的媳妇儿；老王，俺家老李的闺密；小陈，老王曾经的同事，现在也是老李的好姐们儿之一；再就是老俞。以至于小王说，还是老潘面子大，回玉城度周末还有一帮老美女陪着打麻将。

等老俞跟老孙兑下“晴耕雨读”开了个麻将馆，老章又总结道：老潘一到周五就回来向老俞报到，干脆让老俞在麻将馆再安张床，直接住在麻将馆得了。老章说得不无道理。通常情况下，我在周五下午回玉城的车上就跟老俞联络，定下晚上的牌局，有时候下车不回家，直接去老俞的麻将馆。在那两年多的时间里，每逢周末，不论晴雨昼夜，既不耕来也不读，我差不多都泡在“晴耕雨读”里打麻将，好像老俞的麻将馆是专门为我开的。最多的时候能打五场麻将，周五晚上一场，周六白天和晚上各一场，周日白天和晚上也是各一场，这不仅是智力的角逐和运气的比拼，更是对体力的巨大考验，一般的塑料体格可受不了。有一次跟小叶在半亩方塘喝茶，一不淡定说漏了嘴，小叶的脸色就晴转多云，眼里也飘下了淅淅沥沥的小雨点儿。她说哥，一到周末你就急急忙忙往回跑，原来就是为了打麻将，你就不能留下来陪陪我呀，酸溜溜的语气颇像一个怨妇。我亲媳妇儿老李不这样，她只是经常援引老章的话来敲打我，以此表达对我沉湎于打麻将的不满和抗议。有时候她也会绕着弯子跟我说，你都四十多岁的人了，自己多注意身体，别把身体熬垮了。

老俞的麻将馆基本上只对熟人开放，所谓熟，是跟老俞或者老孙熟，或者是老俞、老孙的熟人带来的熟人。我打麻将基本上不跟陌生人玩，实在凑不够手了，才勉强玩一局。这么做的结果是，经常在这儿玩的，只要能玩到一处去，最后差不多全都成了熟人。我把来老俞这儿的人大体上分为两类：第一类是原来的熟人、哥们儿。有我以前认识的联社内部的一些熟人，像老关，现在是监事长；老唐，某信用社主任；老梁，老石那局鞍山打法散了之后，偶尔到老俞这儿来玩，每次必定勾着我；小孙，联社理事长的司机，是我初中的同学，等等。再就是原先陪我打麻将的那批老美女，像小陈（多是跟老俞挂斗子，所谓“挂斗子”，就是两个人一把牌，一个人上场打，盈亏均分，属于躺着也赢钱输钱那种），老王（后来调到了邻市东港，就不再来玩了），老肇，老梁等。我单位那帮哥们儿也来玩过两次，嫌赌注小，觉得不过瘾，再不来了。我还发现一个奇怪的现象，自从老俞的麻将馆开业，我们那帮交情甚笃的哥们儿（当然老孙自己就不算数了），大都来这儿玩过一两次，就再也不来了，我一直没弄明白到底是什么原因。第二类以联社内部的人居多。如一大帮信用社主任，姜，张，徐，林，以及老任，再就是老宫，老陈，老夏，老孙，老程等。这个老孙唠起来也不是外人，是宝和羊肉城老板，我麻将启蒙师傅孙晓双他亲大哥。

现在，我把他们在麻将桌上的个性表现梳理一下。

老唐：个子高，人帅气，麻将打得不错，就是好激动，比如翻宝时若是进了，动作就会走形，手也不怎么听使唤了，常常会带翻几张牌，久而久之，被联社的人授予“手血栓”的光荣称号。他还有个特点，就是只要和一把牌，下一把必定飘上五十，要是连和三把，他就会说“焊上”（“死飘”），若连续五把牌不和，他立马“开焊”（“撤飘”），在场上显得很有气势。说说另一件事儿。有一天晚上牌局成得晚，老唐一边漫不经心地打牌，一边在发短信。后来又改为打电话，声音之舒缓、语调之温柔前所未见，我们都猜肯定是跟某美女有故事。才打到9点多钟，他说不好意思了各位，我得走了，咱们改日再玩，就匆匆离开，把我们都撂那儿了。打听了一下，居然没发现老唐有什么绯闻韵事，这让人很费解。后来再聚到一起玩时，老唐一个劲儿道歉，这事儿也就拉倒了，我们只好相信那天晚上，真的有个外地回来的女同学把他从麻将桌上强拉着出去喝酒了。

老姜：长得矮胖敦厚，一看就是个慢性子。牌打得出奇慢，到他的时候，每一张牌都要深思熟虑，犹豫半天把牌打出去了，他马上又后悔不迭，哎呀打错了打错了。即使某一把牌他和了，他还在总结说，如果某张牌不那么打，那早就和了，会和某某张某某张，或者会和得更大。我帮他总结说，你的人生就处在不断的懊悔和总结之中，累不累呀。如果说这些算是不疼不痒的小节问题，那么他在上牌时顺手翻看几眼牌的坏习惯就是典型的玩赖了（我们管这个叫“撬蛤蟆”）。第一次没好意思说，后来我就不大客气了，我说兄弟这样不好吧，是你的牌你就看，不是你的牌就别看，这麻将牌就像是媳妇儿，你自己有媳妇儿，总偷看别人媳妇儿像话吗？你媳妇儿漂亮，那别人总偷看你乐意呀？大家笑，他有些挂不住，连牌都不上了，但是“撬蛤蟆”这个毛病倒是慢慢地给板了过来。

老肇：作为一个女人，老肇打麻将够狠。有一把牌她看十三幺，过了几圈儿她已经是一上一听了，对门的老夏打出一张东风，她只要碰上就听牌，但她愣是没碰，偏要看站立和。结果这把牌她最后是站立（闭门）了，但是没和成。这事儿老肇自己没好意思说，而是让边上卖呆的人给爆了料。大家都说她狠，贪。换成一个稳健的人，十三幺碰上就上听，翻宝进的可能性相当大，在三家都开门的情况下若进宝则有480块钱进项，跟没和相比，坚持看站立确实有些得不偿失。也有了解老肇的说，老肇不是一般战士，偶尔遇到一把好牌，输赢自然会放在第二位，就应该看得狠一点儿，把牌做得更大一些。

老宫：我刚参加工作时，玉城盛传有“四大牛局长”，老宫时任工商局局长，且荣列“四大牛局长”之首。究竟牛到什么程度，我们都不清楚，只是大约知道后来他犯事儿了，进去了，但他在里面待了不长时间就出来了，虽然没有官复原职，却当上了技术监督局的局长。这个局早些年似乎并不那么抢眼，但自从老宫当上了一把手，这个局就跟着强硬起来，从此谁也不敢小觑。老宫现在二线了，业余时间多了，自然就有充裕的时间打麻将了。即便是在牌桌上，老宫照样那么粗声大气，俨然仍是那个威风八面的牛局长。也有例外，就是在通电话时，他会偶尔使用很夸张的、温柔的声音，我们都猜那边是个女人，是他的相好。后来这个女人还真被老宫叫过来几次，高个长发，面容姣好，只在一边静静地看，几乎不主动说话，只有在老宫跟她说话时，她才细声细气地回几句。

老陈：是从联社退的，退休之前也是个信用社主任。据说不差钱的，但是每一次来玩兜里只揣3000块钱左右，基本上属于空手套白狼的打法。赢了自然什么问题都没有，若输了，就跟老俞借。按照玉城的规矩，通常情况下，玩家带的钱不够或者输光了之后可以向东家临时倒个短用一下，但在下次来玩时一定要把上次借的钱还清。老陈就不，老俞曾经向我们抱怨都欠了她七八千了。不仅欠东家的，也欠场上玩家的，有时候三家都欠。老陈还有个最大的特点，就是两口子组团来玩。一般是他先来，中间他老伴儿必定给他打电话，可能有个什么暗号吧，反正每次他输钱，他老伴儿一定会来，她上他下；偶尔他老伴儿先来，中间也一定会接到老陈的电话，若战绩不佳，老陈也肯定赶过来，他上她下。他们可能特别信奉“换手如换刀”的说法。无论谁玩，另一个肯定在边上观战。老陈在场下卖呆还好，闹心的是他老伴儿，可能会突然毫无征兆地喊一嗓子“碰”，吓人一哆嗦。我们虽然反感，却不好意思说，到底人家老宫是老油条，有一次用貌似商量的口吻跟老陈说，你们两口子能不能别一块来，来了就悄没声地看呗，我心脏可不怎么好，要是把我心脏病吓犯了你可包不起。老陈平时挺怵老宫的，可能是他回家说了，老陈老伴儿从此就没怎么再来。老陈打麻将的幺蛾子实在是太多了，有时候还报假账。那次老陈说他输了4000块钱，结果其余三家把账轧了一下，发现这家伙居然只带了1800块钱来玩。在玉城玩十块钱的麻将，按照现在这种规则打，兜里不揣个五六千块钱，是断断不敢上场的。但老陈就敢。

老任：人的姓氏若是个多音字，可真麻烦。“任”这个字当姓时念rén，不念rèn，可连她自己都说自己姓rèn，我就没办法了，只好尊称她为“rèn姐”。如果说老陈是“偶犯”，那老任就是“惯犯”。我们一场麻将打下来，都习惯报一报各自的输赢，最后一碰，把账轧平就好。但是有老任在的那些场次，输赢都对不上账。有一次最后算下来，输的跟赢的最后相差一千多，大家都很不爽。在面上都各执一词，背地里却众口一词，大家都指向她。说实话，老任牌打得倒是挺快的，也没啥毛病，就是最后的账不准。我觉得在输赢方面打埋伏毫无必要。赢得多那是运气和本事，完全可以心安理得揣进兜里，没有人会跟你要；你输得多，只能怨自己技不如人运气差，夸大输钱的金额也不会博取同情，赢家没有把钱退还给你的义务。这种心态实在难以理解。关于老任，还有一件事情可以说说。她有个漂亮女儿，已经接班在联社参加工作了，据说现在联社有个政策，只要是直系的子女（包括儿媳妇儿、女婿），并且符合学历、专业的条件，都可以办理接班。于是就经常有通过假结婚买卖工作的事情发生，听说现在这个价码需要30万。老任才四十多岁，只比我大一两岁，就退休把岗位让给了自己的亲女儿，在就业形势如此不景气的年代，她也算去了一块心病，可以专心打麻将了。她女儿也打麻将，有两回老任临时有事儿，让她女儿替她一会儿，二十岁刚出头的小丫头打得不急不躁，有板有眼，让我们这些叔叔、阿姨辈的老手看得一愣一愣的。

老夏：经常喊“碰”，其实手里根本没有对子，我给测算了一下，如果排除下意识的看错牌，她有意瞎喊的概率在90%以上。比较恶劣的是人家先听牌了，她后上听的，已经随宝了，有人打出一张牌，她喊“和”，我们要推牌，她又说没和没和，是看错了。我说夏姐，幸好大家没推牌，要是推池子里了，该怎么算呢？大家一致认为应该算诈和。但老夏还是不听，不是“碰”就是“和”。我心里留意了，有一次她又喊“和”，我一下子就把牌推里边了，另外两家也把牌推了，她急忙说没和，果然又是瞎喊，这没办法，只能算她诈和，赔了三家钱了事。从此以后，老夏再也没有瞎喊过，变得异常小心，就连真的和牌了都要反复确认一下。

小石：话说某一次，来了个陌生面孔。我自然倾向于跟熟人玩，但作为一个资深的麻将好战分子，对陌生人也并不特别排斥。这个小石据说是某乡镇的党委副书记，派头挺足，有时候感觉比老宫还牛。老宫不过是偶尔把自己的女朋友叫来陪着，因为那是个养眼美女，虽然有些别扭，但心里并不特别反感。而这位小石副书记居然每次来玩都有一个跟班的，雷打不动地坐在他身后，必定点评石副书记的麻将打得如何如何好。事后一打听，那个跟班的好像是在小石那个乡镇从事着工程之类的营生。我猜两个人的关系，除了真的是哥儿俩好，恐怕是有一种利益关系在里面。后来跟老孙聊起来这个人，老孙说石副书记换届时可能就要当镇长了。老孙还说，他哥你一定认识。我问谁呀。老孙说就是质监局的石所长。嗬，这扯不扯，原来是老石的弟弟，看来玉城这地方真的是太小了。

老张：我只跟他打过一次麻将，从此敬而远之。他在我上家，有一把牌，他看十三幺，这是很容易判断出来的。所以他手中的坎子张我就更容易吃到，我是在吃到了他给的“枪”（七饼）后上听的，是单吊，可选的张有八万和四饼，池子里面有一张八万了，于是我选择了吊八万，有意吊个臭张，这样更隐蔽。转过来一圈儿上家又打了一张“枪”，是拆了一对“枪”，我翻宝，没进；再转过来一圈儿牌，上家打出一张八万，给我点炮了。他气急败坏，说你这打的什么臭牌呀，我十三幺都上听了。磨磨叽叽说了好几遍。开始我忍着没有吭声，后来冷冷地截住了他的话把，我说我听八万，你点八万没错吧？我没诈和吧？唠那些闲嗑儿有啥用，赶紧上钱得了。他气哼哼把钱摔过来，我停下手里的动作盯着他看，场上气氛有些尴尬，旁边的哥们儿马上打圆场帮我把钱收起来，说抓紧玩下一把。这是我打麻将最憋气的一次。其实换位思考一下，如果我是上家看十三幺，手里剩一对“枪”和一张臭张，我也会把臭张留到最后打。结果留张炮牌，但这就是命，逃不掉的，怨不得别人。大千世界林子这么大，什么鸟没有哇。可是有的鸟却从来不从自身寻找原因和答案，而且还理直气壮，真是岂有此理。我打麻将更多的是想享受玩的那种过程，输赢是其次的，惹一肚子气实在没意思。其实呢，也犯不着跟这种人较真，我离你远一点儿还不行吗？心里结了疙瘩后，我再向老俞报到占座时，都会补充一句，别找张××。如果是老俞找我成局，我便习惯性问一句：都有谁？要是有张××那我就不玩了。

老俞：最后说说东家老俞。话说在老俞没开麻将馆之前，一帮老娘儿们陪我在家打麻将时，除非是实在找不到手了，才找老俞过来。她总是最后的那个人选。原因是她打麻将赢了又是秧歌又是戏，输了便又刮风又下雨。谁打麻将能一直顺？总有点子背、气不顺的时候，但你不能骂骂咧咧摔摔打打的。我还溜缝，我说其实每一张麻将牌都是有灵性的，就像自己的孩子，偶尔骂一声打一巴掌没关系，但若总是非打即骂，那还不恨你呀，离家出走哇。摔牌骂牌，那麻将牌也能感受得到的，时间长了，好牌就不去你那儿了。我的这套老婆孩子的理论，博得了牌友们的好评。有些人一听，就想，有道理呀，以后千万别把麻将牌吓着了，牌要是生气了就不来了，不来牌还和什么。不过老俞之流，总是积习难改，即使她自己开了麻将馆，偶尔自己上场凑腿儿的时候，也会故态复萌，露出庐山真面目。有一次，她跟几个高中同学打麻将，她输了一千多块钱就气哼哼骂骂咧咧地出去了。其他三个同学以为她借去卫生间之机调整一下状态，半天也不上来，其中一个下去一看，老俞正趴在电脑前面，若无其事上网呢。那三个女同学被晾了半天，很是生气，从此再也不找老俞玩了。

在老俞麻将馆，我打麻将时话说得不多，但是几乎所有人都公认我是个打麻将的好手。这不是说输赢，而是牌风正，玩得干净。老俞开玩笑说，如果评选个打麻将风尚大奖，估计老潘你会榜上有名的。这个我信。干什么都有个秩序和规则，打麻将就得遵守游戏规则，违反规则就要承担后果。玩就要玩得痛快，过瘾，心情舒畅，我有权选择那些跟我在同一个平台上公平竞争的人，这没什么可说的。基于这一点，我在心里画了一个圈儿，圈出“六种人”来：动辄摔牌骂牌牌风不正的；只带一点儿钱空手套狼的；接个电话絮絮叨叨讲半天，扰乱场上气氛的；肚子疼埋怨灶王爷，自己不和牌怨天尤人的；报“血账”、夸大输赢金额的；撬蛤蟆、看牌、小动作不断，明显玩赖的——碰到这“六种人”，我宁愿不玩。我个人打麻将的习惯是：每次打麻将都把钱揣足，一般怎么也得揣个七八千块钱，有备无患嘛。钱包鼓，心里踏实，心态会更稳。只要一上场，必定把手机静音，这一来避免因为来电铃声惊扰他人（以己度人，打麻将时别人的手机频繁响铃实在是够烦人的），二来也怕扰乱了自己的节奏和注意力。一局麻将的工夫，真的会有天大的重要事儿吗？等散局了，照电话的提示挨个回过去就是，就算是小叶的电话，我也用同样的方式处理。打麻将心态很重要，牌不好别怪别人，不灰心，沉住气，坚持住，慢慢来。和牌了就收钱，别得意忘形，没和就痛快给人点儿钱，别不情愿，唠那些没用的臭氧层干啥呀。

要说完全享受玩的过程、对输赢结果毫不在乎，那是扯淡。如果放在一个较大的时空里面考察，把打麻将作为一种爱好，那么输的钱便是为了满足自己的兴趣爱好而支付的代价，这也没啥。我不知道别人怎样，对我而言，我只是个娱乐心理跟赌徒心理并存的麻将爱好者，输了无妨，赢了当然好。据说根据概率，如果打麻将的四个人相对固定，那么时间长了，每个人最后的输赢都差不多。当然在老俞麻将馆，只有老俞是稳赚不赔的，她只是提供一个场所，上点儿水果而已，每天便有好几百块钱的进项。联社那帮人显然是大有钱的，赢家都好几百地甩，老俞一律“笑纳”（从这一点看，老俞其实是违反规则的。在玉城其他棋牌社，十块钱的麻将一局只需100块钱）。我也给自己大致归拢了一下，老俞麻将馆营业的这两年多时间里，输赢相抵后，我在那儿总共输了两万多块钱。老李说我就知道，你肯定是输钱了。一般地我每次打完麻将回家，只要是赢钱了，一定会再数一遍，有时候晚场回来数钱的声音都能把老李吵醒。赢了查钱几乎成为我的一个标志性习惯。当然，要是输了，就洗洗睡了。老李说最近我睡得很熟，你也不查钱了，不嘚瑟了，那你这个败家爷们儿肯定又输了。

现在咱们把输赢撂下，来聊聊交朋友的事儿。大家都知道我对交友识人的几个判断标准。最初我坚信不疑的是文如其人，经过近二十年的考察，我觉得这一点儿也不准。作为一个混场的小说写作者，我认为文学圈里文章写得漂亮、做人却很潦草的大有人在，文品与人品两层皮的现象相当严重。字如其人跟文如其人差不多。相信跟我有同感的人很多，这个恕不赘言。我觉得酒如其人、赌如其人、友如其人可能相对靠谱一些。比如说喝酒，那些在酒桌上推三阻四、想尽办法赖酒的，在生活中绝对不会是多么爽快的人。而喝了两杯白的就找不到北，牛皮吹得山响，天王老子都不怕，谁都没有我好使，这种酒品极差的，显然是浅薄之辈。比如看朋友圈子，物以类聚，人以群分，看你交什么样的朋友，自然知道你大致是个什么样的人。我觉得最准的一定是要看赌博，比如打麻将。麻将桌上的四个人最像当下人的生存状态。面对着共同的有限资源（就136张牌），每个人表面上不动声色，实际上暗藏杀机，看着下家，防着对家，盯着上家，故布疑阵，云山雾罩，斗智斗勇，防不胜防。上得场来，谁都会玩，决定和不和的是运气，比的不是技术是心态。人生就好比打麻将，输赢皆是平常事儿，输要掏得起，赢要绷得住。虽然在牌品方面谁都不敢说自己毫无瑕疵，但我是个规则意识比较强的人，我自己守规矩，那你也别玩赖。玩赖有时候真的只是个小节问题，用不着上纲上线，但是你得认账。

某一个周五的下午，还没出发回玉城，我就开始琢磨着要给老俞致个电，晚上到她麻将馆占个座，最好在南侧靠窗最宽敞的那一间，找几个熟人、好手，比如老唐，老关，老宫，老孙，或者小陈，老肇，都行，痛痛快快打一场。正设想着，我媳妇儿老李的电话来了，她用一种半遗憾半幸灾乐祸的语气告诉我，你今晚恐怕打不成麻将了，老俞挨打了。

那个周末麻将没玩成，不过正好借这个机会，把老俞挨打的事情梳理了个大概。

还记得前面提到的老关吗？我去鞍山工作期间，鞍山联社借调了一些下面联社的业务骨干去帮忙，老关、老俞和小李就是其中的三个。他们仨原先在玉城时关系就挺好的，到了鞍山，自然又近了一层。那些借调的同事陆续都回玉城了，老俞先是到联社工会任了一个闲职，后来又当上了人人垂涎的信贷部主任。老关在鞍山联社已经提拔为部门副职，回到玉城任监事长，是联社领导班子的重要成员。这不是闲话，不交代这些可能没法理解后面发生的事情。

事情出在一个女人身上。确切地说，这是个跟老关和老俞都很熟的一个女人，在这里，我们暂且称其为老杨。老杨是老关和老俞的同事，更是跟老关曾经有过亲密关系的女人。借调鞍山之前，老关已经离婚，所以跟同一个办公室的老杨产生恋情是可以理解的。后来老关去了鞍山，这段办公室恋情以平和的方式寿终正寝。我想这符合人性的发展过程。两个人的缘分就那么几年，断了也就断了。谁知道几年过去，老关衣锦还乡，成了监事长，曾经有过肌肤之亲的那个人成了高高在上的单位领导，老杨心理瞬间失衡了。这还不算，她看到老关、老俞和小李经常混在一起，高调且毫无顾忌，不由得醋意大发。她认为老俞跟老关肯定有事儿，小李只是个灯泡罢了。我们不知道她有没有试图跟老关沟通一下，究竟是怎样沟通的，沟通的结果到底怎样，只知道她见了老俞就会怒目而视，并出言讥讽。据说，老杨在联社内部并不是个招人待见的主儿，都说她有病，神经质，同事们从不招惹她，尽量离她远远的，让着她，这反而助长了她的嚣张气焰，她开始步步紧逼。

老实说，这个乱摊子其实应该由老关来收拾，追根溯源，这个事情因他而起。由此可见，男人千万别招惹一个忌妒心强、横生事端的女人，善良才是女人所有品性中最大的优点。我们很难理解老杨的内心，如果她跟老关真的相好过，但凡她能多为老关想一想，能够把整个事情权衡一下，她就应该偃旗息鼓，认了。可她偏偏不这样。她不仅用言语和行为羞辱老俞，后来竟然发展到不断地发送短信，骚扰老俞和老孙。老俞也不是省油的灯，两个人就在短信中你来我往地对骂。虽然老俞相对克制了一点儿，但问题是她在短信中反复提到了“那个人”，而其中的一条短信被老杨的老公老邵无意中发现了。老邵追问老杨“那个人”是谁，老杨立马矢口否认，说纯粹是老俞血口喷人，栽赃陷害。老邵就职于玉城农行，也是个见多识广的男人，哪容得自己媳妇儿在外边受气。于是发短信、打电话质问老俞，干吗造谣说俺家杨××外边有人了？那个人是谁？你有证据吗？老俞反复说那你得问你家杨××，她自己心里明镜似的，装什么无辜。话不投机，老邵破口大骂，最后扬言：你们等着，有你们好看。

老俞果然就有好看了，麻将馆真的犯赌了。虽然还没有确凿的证据支撑，但是大家有理由怀疑，老俞麻将馆被举报，老杨老邵两口子百分之百脱不了干系。

事情还没完呢。后来某一天，老邵来联社找到老俞的办公室，再次要求老俞把“那个人”交出来。老俞没想到这男人这么磨叽，还找上门来兴师问罪，两个人就吵起来，惊动了本部门和其他部门的人出来看热闹。眼看着局面越发难以收拾，老俞打了一个电话，说你自己作的孽你自己受吧。联社的很多人都目睹，在老俞的办公室，一个大老爷们儿跟一个女人吵得不可开交。听不清老俞说了一句什么，老邵张口结舌接不上茬儿，盛怒之下，先是摔了一只茶杯，紧接着一巴掌糊在老俞脸上。老俞捂着脸往医院跑的时候，老关和老杨正好前后脚进来，老俞恨恨地瞪着老邵，你不是想找那个人吗？现在他来了。

老俞心里并没慌，去医院时叫上了一个同事陪着，算是留个人证。到医院一检查，耳朵穿孔了。诊断书在手，老俞一边办理住院手续，一边打电话给老孙，老孙果断指示，报警。

证据有了，派出所立案了，法医介入了，据说只要定个轻伤害，检察机关就得公诉。判刑了，老邵的工作就得丢。老孙和老俞就是要出这口恶气。所以老关来找老俞，让她给轰回去了。紧接着联社的理事长亲自出面，说考虑到单位的稳定和影响，这种事情能和解最好和解。老俞说既然领导出面了，那行，我不砸他饭碗了，我也不讹他，拿二十万来，我就出院，这件事情就算了了。后来大家分析，老俞这么说，等于是把领导的面子也给撅了。

我们很难想象老杨老邵那两口子自己待在家里是如何面对的，但他们很快结成了同盟一致对外。根据老俞提出的和解条件，他们估算了一下，老邵还有十多年退休，按照目前的工资水平至少还能挣四五十万块钱，如果饭碗丢了，那这些钱就打了水漂，这个账他们会算。可这二十万块钱实在太狠了，心里实在咽不下这口气。最后又找人赔着小心从中说项，拿出十八万，和解了。据说在派出所和解协议签了，视频证据也录了，但是因为警察不小心没存盘，找他补录，老邵就开始信口开河胡咧咧，办案的警察不耐烦了，一拍桌子一瞪眼，他立马堆了，老老实实重新录了一遍。老杨把存折交给老俞时，嘴里还挺硬，说俺家有钱，拿去买纸钱烧吧。从那以后，她在单位只要见到老俞，都要往地上唾一口，再狠狠地踯碎。

老俞挨了打，赢了官司却丢了人。惹是生非的老杨反而成了受害者，居然博取了联社内部很多人的同情。都说老俞太狠了，不应该跟老杨那么个病人一般见识，更有甚者引用了一句民谚，说老俞这是“又想当婊子，又想立牌坊”，便宜都让她给占了。我对老俞跟老关是否有染不妄加揣测，即使真的有，若不是捉奸在床，那也全都是捕风捉影。关键是看证据。不管怎么说，老俞算是借此机会撇清了自己，老孙也算松了一口气。现在事情的盖子揭开了，我终于明白在那半年多时间里，我的哥们儿老孙的内心曾经是怎样的焦躁和愤怒。

我比较好奇的还是老杨跟老邵。事情到了这一步就算是解决了，可是当老杨面对老邵时，她究竟会用什么方式自证清白，并重建夫妻间的信任关系？

其实我也管不了那么多。如今最让我纠结的是，想打麻将，却无处可去。自从发生了这件事儿，老俞很快把麻将馆转手兑给了别人。每逢周末回到玉城，有了大块的空闲时间，我却提不起精神来，感觉好像战士失去了战场，英雄已无用武之地。看到我闹心的样子，老李开始想方设法转移我的注意力。禁不住她的一番巧言蛊惑，我最后决定加入老段和老梁他们的锻炼大军中去。吃过晚饭，我就换上轻便的运动装，随老李一起步行去东山公园。秋深了，阜昌路上那些高高矮矮的白杨树，如流动哨般散布在道路两侧，缄默不语却有一种慑人的气魄，只有那些萧萧落叶在随风起舞。我从满地的落叶上走过，蓦地心中一凛，仿佛踩疼了自己。就像打麻将，打丢的那张牌还能抓回来吗？谁知道呢。从独一处胡同出发到东香铺，再过桥去城东，每次都要路过老俞原先的麻将馆，现在，那里变成了一家旅行社的门市部。“晴耕雨读”的牌子早被摘掉了，不知道被丢到了哪里，程老师那几个字写得很漂亮，真是太可惜了。

走　神

A

逍遥女侠（简称“逍遥”）：这儿怎么这么冷清？

孤独的晴园主人（简称“孤独”）：唉！形影相吊，黯然神伤。

孤独：我在等一个人。

逍遥：你在等谁？

孤独：她叫小节。

孤独：我已经等一天一夜了。

逍遥：你是男的吗？如果是，你好专情。

孤独：不敢当。

孤独：你真的是传说中的女侠吗？现在太需要杀富济贫了。

逍遥：当然啦。

孤独：那你一定愿意为我拔刀相助喽？

逍遥：只要我能办到的。

孤独：真希望小节能够知道我在这里痴痴地等她！

逍遥：我想她会知道的。

孤独：女侠是哪里人氏？

逍遥：河南。

孤独：哦，离我有点儿远。我在东北。

逍遥：是远了些，我从来没去过东北。

孤独：当你某一天行走江湖感觉累了的时候，可以到我这里来歇歇脚。

逍遥：如果我去东北，一定去投奔你。

孤独：没问题，东北人都是活雷锋嘛！

孤独：女侠今年芳龄？

逍遥：我22岁了。

逍遥：能问问小节是个什么样的女孩吗？

孤独：一个才女。我喜欢才女。

逍遥：你打字好快。

孤独：也很漂亮。

逍遥：可我是笨女孩，而且不漂亮。

孤独：呵呵。你现在在什么单位工作呀？

逍遥：正念书呢。

孤独：原来还没有毕业呀。什么专业？

逍遥：会计。

孤独：哦？我也是这个专业。

逍遥：是吗？真巧。

逍遥：那你在哪儿上班？从事本专业吗？

孤独：在供电公司。做财务工作。

孤独：什么时间毕业？

逍遥：还得三年吧。

孤独：在哪所大学读书？

逍遥：美国，你信吗？

孤独：老实说，有点儿不相信。

逍遥：为什么？

孤独：你是说你家在河南，而你在美国读大学，是会计专业，才22岁？

孤独：其实也没什么可怀疑的，你没有必要骗我。对吧？

逍遥：是的，我家是在河南焦作。

逍遥：但我人真的在美国。

孤独：哦。去几年了？具体在哪所学校？

逍遥：快三年了。

逍遥：在UH。

孤独：这个缩写没看明白。

孤独：习惯吗？准备回国吗？

逍遥：想。

逍遥：但没钱，不能回去。

孤独：？

逍遥：我好想念家里的亲人。

逍遥：我想他们。

逍遥：好难。

逍遥：你会一直等下去吗，等你的小节？

孤独：是的。直到她来。

逍遥：祝你早日见到她。

孤独：谢谢你啦。我要等她来。

逍遥：你没有她的联络方式吗？

孤独：有哇。但我不能给她打电话。

孤独：我们不敢多说话，我们都害怕某一天会无话可说。

逍遥：我鼓励你打。

逍遥：又不是天天打。

孤独：谢谢你。

逍遥：不客气。

逍遥：我们算朋友吗？

孤独：某一天，当你在一个介入内心、彼此感动的朋友面前无话可说时，那真的太可怕了！

孤独：应该是吧。

孤独：虽然我不知道你的真实姓名。

逍遥：那我可以知道你的真名吗？

孤独：当然。我叫潘洗。你呢？

逍遥：huijuan。

孤独：慧——娟？

孤独：是你的中文名字？

逍遥：yes！

孤独：在你那里，现在是什么时间？

逍遥：夜里1点。

逍遥：明天10点的课。

逍遥：等一下我就要去睡了。

孤独：我想你该休息啦。呵呵。

孤独：那么，我们应该怎样联系？

逍遥：有缘再聊。

孤独：好的。反正我会一直在这里等下去的。

逍遥：好，就这样，再见！

孤独：那么再见！祝你晚安！

B

依依：等谁？一个很重要的人吗？

孤独的晴园主人（简称“孤独”）：是的，她对我很重要。

依依：可以问问你，你是位男性吗？

孤独：当然。你呢？

依依：是你的什么人，可以说说吗？

孤独：一个朋友，一个心灵上的朋友。

孤独：我猜你是个女的。依依是个很柔弱、很女性化的名字。

依依：你猜得不错，我的确是个女孩。

孤独：我喜欢这名字，有一种惹人怜爱的感觉。我喜欢和女孩聊天。

依依：说说你等的人的事情好吗？我很好奇。

孤独：可是我在等小节呀。

依依：和我聊不好吗？

孤独：也没有什么不好。但我的确在等人。

孤独：你会分担我的孤独吗？

依依：你可以等她，但我们可以聊。

依依：为什么？没有她你会很孤单吗？

孤独：实际上，因为她，我的孤独感更厉害了。

依依：那么何必再去等她呢？

孤独：某种期待和寄托吧。

依依：是吗？这样不是很痛苦？

孤独：痛苦又能怎样呢？

孤独：有时候，人与痛苦相伴相生。

孤独：人本来就是痛苦的。没有谁能摆脱痛苦。

依依：我觉得你很奇怪，好像你很享受那种痛苦似的。

孤独：她是一个智慧、有才气、内敛、漂亮的女子，这样的人已经不多了。

依依：是吗？假如世界上还有这样的人，你会忘记她吗？

孤独：你是说除了她还会有这样的人吗？

依依：是的。难道不会有吗？

孤独：会有，但我还没有遇到。

孤独：有一种感觉，是那种介入内心、让彼此感动的感觉。

依依：你可真有眼光，难怪你不肯放弃。

孤独：在精神的层面上，我和小节算是“情人”。

孤独：我有一种可怕的预感——总有一天我跟她会无话可说的。

依依：哦，我真不明白你们这种感觉，至少我还没有经历过。

孤独：所以现在轻易不再交谈，怕真的把话说尽了。

孤独：情人好找，知己难求。

依依：感情这种东西真的很奇怪，越说会越糊涂。

孤独：是呀。

孤独：本以为自己心里很清晰，但却无法表达出来。

孤独：唉！有谁能懂我内心的感受呢？

依依：那么她视你为知己吗？你们平时有联系吗？

孤独：在网上留言，在QQ上交谈，或者打电话。

孤独：我坚信，真正的爱情往往行走于婚姻之外。

依依：是的，也许真正结婚的不一定是真正相爱的。

孤独：相爱的一对，当他们走入婚姻的殿堂，爱情就快终结了。

孤独：我相信最惯常的状态是，守住一份婚姻，再遭遇一场爱情。

依依：那她是你想要的爱情吗？

孤独：我说不好，也许是，也许不是。

依依：感觉你很痴情哟。

依依：可以问你在什么地方工作吗？

孤独：你知道岫岩玉吗？

依依：你说岫岩玉是什么？

孤独：一种精美的玉器。

孤独：我就在产岫岩玉的地方。

依依：那是什么地方，可以说吗？

孤独：在辽宁。有个小城市叫玉城。我就在那里生活、工作。

孤独：如果你有机会来我这里，我要送你一个用岫岩玉雕成的玉佩。

依依：真的吗？谢谢你。听说玉器很贵哟。

孤独：美玉赠美人嘛，哈哈！

依依：能知道你具体做什么工作吗？

孤独：我开了一家玉雕商行，专门经营岫岩玉器。

依依：看来这份工作很清闲哟，难怪你经常来这里。

孤独：有店员盯着。再说，我是在等小节嘛。

依依：那她会来吗？

孤独：我想她一定会来的，但我不知道她会在什么时候来。

依依：那你会等她等多久呢，半天还是一天？或者更长时间？

孤独：我已经等她两天了。

依依：真是情圣啊，太难得了。

孤独：依依是哪里人？

依依：湖南。

孤独：湘妹子呀。

孤独：人称湘女多情，是这样吗？

依依：那你喜欢湖南吗？

孤独：我还没有去过。

依依：那么你想到湖南来吗？我热烈欢迎。

孤独：我倒是很想有一个湖南的朋友。

孤独：有机会我一定会去的。

依依：那么我呢？

孤独：你愿意做我的朋友吗？

依依：当然，我觉得我们还挺谈得来的。

孤独：是的。这很好哇。

孤独：这样，你到东北来，我会尽地主之谊；如果我去湖南，我会去看你的。

依依：我觉得挺好的，但你们那里太远了。

孤独：现在这里已经很冷了。

依依：我们这里还挺暖和的。

孤独：真是两重天哪。

孤独：你今年多大了？有20岁吗？

孤独：我希望你超过25岁。

孤独：怎么不说话了？

孤独：走了吗？！

依依：对不起，刚才有人找我有事儿。

孤独：我以为你不理我了呢！

依依：不会的，我们聊得挺好的。

孤独：小节没来，而你也偷偷溜掉了，我会更孤独的。

依依：她还没来吗？

孤独：真伤感。但我相信她一定会来。

依依：你现在还很孤独吗？

依依：我在你身边，你会孤独吗？

孤独：内心深处的虚脱和无助。

孤独：可你远在异地！

依依：那你可以把我当作在你身边哪！

孤独：问题是，你不在我身边哪。

依依：可是你等的人不也不在你的身边吗？

孤独：我倒是很希望多情湘女此刻就在我身边……

孤独：不一样的。

依依：当然不一样，可是距离能产生美。

孤独：也对。

孤独：对了，刚才我吻你，你多大了？

孤独：问。

孤独：不好意思，打错了。

依依：20多岁吧。

依依：是不是比你小很多？

孤独：哦，那在我眼里就是个小女孩。

孤独：你比我小了10多岁。

依依：那你结婚了吗？

孤独：年龄不重要，重要的是要谈得来。

依依：怎么了，怎么不说话了？

孤独：你设想过吗？如果我们聊得很投机，某一天当我们见面时，你说会发生些什么故事？

孤独：当然结婚了。

孤独：在接一个电话。

依依：是吗？人生就是这样奇怪，总有意想不到的事情发生。

孤独：一个痴情的东北男人和一个多情的湖南小妹妹之间？

孤独：这回轮到你不说话了。

孤独：哪儿去了？

孤独：依依？

孤独：依依，你说话呀！

C

孤独的晴园主人（简称“孤独”）：这个名字有什么特别的含义吗？

重水：重水乃是核反应堆冷却用水，具有极强的辐射力。

重水：我就是试试你的高深。

重水：因为我感觉你读了很多书。

孤独：何以见得？

重水：否则你不会叫这个名字。

孤独：未必。我只是一个作家，晴园是我书房的名字，如此而已。

重水：那么咱们就谈谈哲学吧。

孤独：哲学我不大懂。

重水：你可以介绍一下自己的情况吗？

孤独：我已经介绍过了。

重水：你什么时候介绍的，我怎么不知道？

孤独：刚才我说我是个作家，有个书房叫“晴园”，而且还不懂得核物理。

重水：别在这里僵持了，还是唠点儿你所感兴趣的。

孤独：我在等人，她没有来。我累了。

重水：你在等谁？

孤独：小节。

孤独：我等她好酒了。

重水：你是在自己家里，还是在网吧？

孤独：家里。怎么了？

重水：你这个大作家怎么竟有错别字？

孤独：呵呵，应当是“好久”。用拼音输入法难免出错。

重水：你喜欢喝酒吗？

孤独：其实这样的错误是可以容忍的。

重水：做人、做事都应该严谨。

孤独：我喜欢酒、文字、朋友和女人。

重水：我一会儿觉得你是男的，一会儿又觉得你是女的。

孤独：我当然是男人。用小沈阳的话说，是“纯爷们儿”。怎么会有这样的疑问呢？

重水：你说话的语气很阴柔。

重水：怎么又不说话了？

孤独：真的吗？我不觉得。你这么说会增加我的自信，此前我一直不敢尝试用女性第一人称写作。

孤独：那你呢？

重水：你猜猜看。

孤独：我猜不出来。

孤独：我在这里等人，我在等小节。

依依：我现在有事儿。

孤独：你有QQ吗？

依依：没有。以后我们可以在这里见面，我还是这个名字。

孤独：好吧，感觉你总是很忙啊。

依依：我有时候会很忙，有时候也很无聊。

重水：报一下你的大概方位。

孤独：东北。

重水：具体点儿。

依依：你以后还叫这个名字好吧？我还可以找到你。

孤独：忙的时候不要上来，无聊的时候和我说话。

孤独：好。我基本上就在这里。

重水：再具体点儿。

孤独：辽宁。

依依：我很少来这儿，有时候有事儿又要走开，所以也很少说话。

孤独：你是警察吗？查户口哇？

孤独：那咱们就是同行了。

依依：怎么样，你的小节出现了吗？

重水：你不是作家吗？怎么这么快变成警察啦？

重水：我在南方，现在外面下着小雨。

孤独：还没有呢。

依依：你现在还孤独吗？

重水：想到北方，身上顿感到凉爽了许多。

孤独：孤独是骨子里的。但是和你聊天也很愉快。

孤独：警察是职业，写作是爱好，两者并不矛盾哪。

孤独：应该说是冷。

依依：真的吗？能和你聊天感觉挺好的。

重水：你们那里真的很冷吗？

孤独：已经结冰了。

重水：地上有雪了吗？

孤独：我也是。真的。

孤独：下过一场雪，不过马上化了。

依依：真的很奇怪，有些人经常在一起没有话说，而有些人不在一起却能谈得来。

孤独：依依，能告诉我你的真名字吗？

重水：人们出门是不是要穿许多衣服？

依依：这样不是挺好吗？

孤独：是呀，除非你不怕被冻僵！

重水：那你在沈阳以南。

孤独：呵呵，你不想说就算了。其实依依这名字真的挺好的。

孤独：是呀。你怎么知道？

依依：其实你只要记住这个名字就可以了。

孤独：那——好吧，依依。

孤独：你去过沈阳吗？

重水：据我所知，沈阳以北，已是银装素裹。

依依：我是个很现实的人，虽然我们谈得来，但毕竟太遥远了。

重水：哈尔滨去过多次。

孤独：哈哈，还没有那么夸张吧。

依依：但是我们还能做好朋友。

孤独：最近一次是什么时候？

孤独：好哇。

依依：你想听我的心里话吗？

孤独：当然。你说吧。

重水：沈阳每年都要去七八次，而且每次都住挺长时间。

依依：我现在遇见一个男孩，我很欣赏他，但是他好像不太愿意接受我。

重水："十一"就是在沈阳度过的。

孤独：再到沈阳来，可以给我打电话，可以顺便到我所在的小城来玩玩。

孤独：那是一种现实的情缘。

依依：我们见过几次面，他总不爱说话，你说怎么办？

重水：那你离沈阳不远吧。

孤独：无话可说？无从说起？

孤独：是呀。

孤独：重要的是你对他的感觉。

依依：他也不说话，我也不知道该怎么说。

孤独：你在乎他吗？为他心疼过吗？

依依：可是他只把我当作朋友。

重水：是东？是西？是北？是南？多远？

孤独：南，200多公里吧。

孤独：如果你在乎他、心疼他，你就不要错过。

孤独：你知道岫岩玉吗？

依依：我遇见他时，有一种一见钟情的感觉。

孤独：你知道什么东西对你最重要吗？

重水：岫岩玉可是小有名气。

依依：我也不知道，感情对我很重要，但是我不想勉强。

孤独：对。我就在产岫岩玉的地方。一个闭塞的小城，但我很喜欢它。

孤独：一个小小的城市，在我的小说中，它叫玉城。

重水：快来吧，勇敢地走过来吧！

依依：与你聊天很愉快，我心里好像轻松了很多。

依依：我很矛盾的，你能帮我出出主意吗？

孤独：看来其实你是在乎他的。

孤独：既然在乎，就要放下所有矜持。抓住。抓住，懂吗？

孤独：是在邀请我吗？可是我还不知道你在哪里。

重水：天涯海角你听说过吗？

孤独：海南？

孤独：离这里可真远哪。

重水：其实我们很近。

重水：好像是面对面。

重水：科技就是这样神奇。

重水：远就是近，近就是远。

重水：这就是哲学。

孤独：原来你是要谈哲学呀。

依依：是的。我现在也很迷茫。

孤独：现在80后、90后们都有自己独到的处事方式。

孤独：我相信你会处理好这些事情。

孤独：你很博学，是吗？

依依：我现在也不知道该怎么办。

重水：哪里。

孤独：其实你已经知道该怎么办了。

依依：没有。我现在是想请教你。

孤独：没有人会告诉你应该怎样做。

孤独：人在“困惑——走出——再困惑——再走出”的过程中反复几次，就成熟了。

依依：可是万一走错了一步，该怎么办？我不想弄得遍体鳞伤。

孤独：时间会为你疗伤。

重水：不在乎刚才，只在乎将来。

依依：我这个人在感情方面会很盲目。

孤独：年轻都会盲目。我也曾经和你一样为情所困，现在依然如此。

孤独：即便现在，我还不是一样在这里等着小节吗？

重水：也许将来我会去一次你的城市，看看岫岩玉。

依依：是吗？至少你现在已经走出来了。

孤独：欢迎你来，可以给我打电话。

重水：如何联系？

孤独：你看，我真的走出来了吗？

孤独：我的电话是138××××8341。

孤独：如果你来，我会送你一个玉佩，用岫岩玉精雕而成。

依依：其实也没什么，有时候想开点儿不就得了。

重水：哦？那谢谢你。

孤独：问题是，我得知道是谁给我打电话。对吧？

孤独：所以时间是一剂良药。

重水：到时我会告诉你我是重水。

孤独：你的声音很甜，是吗？

重水：你怎么能看出来？

孤独：看出声音来？

重水：那你算是看对了！

孤独：通感的修辞方法。

重水：和我聊天会使你年轻。

孤独：让你这么一提醒，我才发现自己已经很老了。

孤独：都奔四了。

孤独：来日无多。我很悲观。

重水：心比身先老。这是养生的大忌。

依依：我刚才申请了一个QQ号，只是我的软件不行，不过你到网上找我这个名字就可以了。

孤独：好吧。

孤独：除了核物理和哲学，你对养生也很在行吗？

重水：你现在还有什么烦恼吗？

孤独：当然。因为我在等小节呀。

重水：小节是谁？

孤独：一个朋友。

孤独：一个介入彼此内心、让我感动的女子。

重水：一个普通朋友怎会让你如此在意呢？

孤独：她智慧、内敛、美丽。

孤独：她让我在乎与心疼。

孤独：她是我在精神或心灵层面上的“情人”。

孤独：现在明白了吗？

重水：她如此明理又怎会让你久等？

孤独：我们都意识到了某种状态：无话可说的状态。

孤独：我们不敢多说话，害怕把所有话都说尽了。

依依：886。下回再与你聊。

重水：今天就到此了，我得去给孩子做饭了。

孤独：好。我在这里，一直都用这个名字。

依依：再见！

孤独：再见！

D

9200179：你天天在此守候？

9200179：真的很孤独吗？

9200179：就因为等的人没来而感到孤独吗？

9200313：你为什么要取这个名字？

9200313：你有什么伤心事儿吗？

9200361：呵呵呵。

9200361：刚才在别的地方插不上话，撞进这里。

9200361：你们这里怎么这么安静啊？

9200361：你是主人，怎么不说话呀？

9200361：这可不是待客之道。

9200361：现在只有我一个人说话了。

9200472：你好，我是逍遥女侠。我忘记告诉你，我喜欢你，不说这一句，我睡不着觉，你有什么要说的吗？没有，我就走了，看来你交到不少朋友。真羡慕你！

白马：你好！

白马：说话呀？

白马：郁闷，伤自尊了，走了。

9200557：你有空吗？

9200557：你爱玫瑰花吗？

9200557：你喜欢百合花吗？

9200676：非常爱。

流云水秀：你很忙？

E

寂寞的秋天（简称“寂寞”）：我刚才以为没人理我。

孤独的晴园主人（简称“孤独”）：我在等人。

孤独：你是男是女？

寂寞：静悄悄的，很寂寞吧？

寂寞：女的。

孤独：有一些。

孤独：我最喜欢和美女聊天啦！

寂寞：你多大了？

孤独：40多了。你呢？

寂寞：27岁，即将步入老女人的行列。

孤独：在我眼里，你还是小女孩呢！

寂寞：你是千里眼。

孤独：你现在在哪里？

寂寞：在上班，准确来说已经下班，只是还在公司。

孤独：哦。俺们北方早就下班了。

孤独：你在南方吗？

寂寞：我猜你在家，老婆给你做饭，而你在闲聊，对不对？

寂寞：我在广东。多姿的深圳。

孤独：特区呀？可惜我没有去过。

孤独：具体做什么工作？

寂寞：文员。

孤独：在深圳那个地方，你一定过得很顺心，是吗？

寂寞：还可以，我跟我老公是感情比较深的，我爱他。

孤独：很难得了。

孤独：有些东西还是值得珍惜的。

寂寞：不过我老公没有亲口对我说爱我，但我觉得这不重要。

孤独：爱他，就相信他，容忍他，在乎他，心疼他！

寂寞：我们两个人都比较重视对方。

孤独：好哇。彼此重视和感动。

寂寞：但是，我常常觉得我没办法容他了，很烦。

孤独：可见你们还是有问题的！

寂寞：他比较大男子主义，而我是个性格比较倔强的女人。

孤独：这很正常。看来还需要磨合。

寂寞：我跟他恋爱大概有八年，同居时间也比较长。

孤独：两个人之间已经非常了解。

寂寞：今年才结的婚，我又后悔了。

孤独：怎么啦？

寂寞：其实，他是个比较不适合过婚姻生活的人。

孤独：多数男人都这样。

寂寞：我总觉得我的生活应该充实一点儿，有滋味一点儿，至少不要让我觉得寂寞。

孤独：你现在怎么突然感觉寂寞了？

孤独：你可以尝试另外的一种生活。

寂寞：光说我了，你得说说你的情况，好吗？

孤独：我就不说了。平平淡淡，一个教书匠。

寂寞：另外一种什么生活？

孤独：让你平淡的生活中顿起波澜。

孤独：尝试你从未想过和做过的。

寂寞：我胆子小，敢想不敢做。

孤独：哈哈！如果我们不是天南海北相隔千里，我一定会去诱惑你的！

寂寞：我的同事老说我以后肯定会变的。

孤独：人的变化是绝对的。

孤独：你很漂亮吗？

寂寞：公司还有一个女同事对我说，你这个人太正经了，传统，但我觉得你是一个内心有一把火的女人，只是没有人点燃。

寂寞：算是个比较有女人味的小女人。

孤独：你还没有遇到把你点燃的男人。

寂寞：她让我上网聊天，以后时间长了可以一起出去玩。

孤独：当你被点燃，你会义无反顾的，哪怕五内俱焚！

寂寞：我跟她说我可以跟人家聊天，但我不会出去。

寂寞：我这个人燃点高，一般的人还真无法将我的心火点燃。

孤独：哈哈，如果恰巧我就是个不一般的人呢？

孤独：其实一个女人最重要的就是女人味。

孤独：再漂亮的脸蛋儿也总会有皱纹的。这只是迟早的事情。

孤独：我喜欢的女人，应该是那种智慧、内敛、漂亮、在床上把两个人都烧成灰烬、彼此感动、心疼并在乎的女人。

寂寞：我不是很喜欢上网聊天，今天只是偶一为之。

孤独：你还在吗？

孤独：我以为你连个招呼都不打就走了呢。

寂寞：我公司的人都要走光了，也差不多轮到我了。

孤独：你也要走了吗？

孤独：我会想你的。

孤独：如果你不介意，互留电话好吗？

寂寞：不了，我喜欢跟你这样。

寂寞：你老婆给你做什么好吃的？我饿了。

孤独：1994年的秋天有什么特别之处吗？

孤独：你准备给你老公做什么？

寂寞：不告诉你，让你猜。

孤独：我知道了，一定是你们开始同居的季节。

寂寞：他昨晚丢下我打牌没有回来，他给我打电话了，你等一下，好吗？

孤独：算了，我不猜啦。如果你愿意，可以告诉我吗？我才不想那么累呢！

寂寞：1994的秋天是个恋爱的季节。

孤独：你第一次遇到他？

寂寞：我开始跟他交往。

孤独：我想，你一定是个有故事的女人。

寂寞：我的故事太平淡了。

孤独：南方的女孩长得都很娇小玲珑，你也是吗？

寂寞：不到一米。哈哈！

孤独：显然这是不可能的。你可真逗！

寂寞：我们约好明天大概四点半老地方聊，好吗？

孤独：争取吧。如果没有别的应酬，我一定来。

孤独：那么明天见？

寂寞：也许我会说一些故事给你听哟。

寂寞：保安来赶我走了，这回要说再见了，明天聊，4点半。

孤独：好吧。我听你的故事。

寂寞：再见！

F

寂寞的秋天（简称“寂寞”）：你好，我来赴约了。

孤独的晴园主人（简称“孤独”）：我等你多时了。

孤独：其实我差点儿爽约。晚上本来有个应酬，一个学生家长要请客，被我推掉了。

寂寞：昨天是你在问我，今天也让我对你有个初步的认识。

寂寞：你多高？

寂寞：帅不帅？

孤独：好吧。有问必答。

孤独：一米七。

孤独：不怎么帅。

寂寞：是比较圆的脸，还是比较有棱角的脸？

孤独：哈哈。这个很重要吗？

寂寞：也是哈，不理会这个问题了，我们继续。

孤独：其实我长得怎样并不重要，对吗？

寂寞：对呀，我们只是神聊。

孤独：对我个人来说，现在早就不用“帅”来形容男人了。

寂寞：你昨天不也没能免俗，问我的长相。

孤独：哈哈！

寂寞：我只是来而不往非礼也。

孤独：男人都这样子。

孤独：赏心悦目。秀色可餐。

寂寞：对呀，看帅哥也是很让人赏心悦目的事儿啊。

孤独：今天和你老公通电话了吗？

寂寞：昨天他打了两通电话给我，我忘了接。

孤独：他一定会不高兴的。

寂寞：是的，男人就这样，你不在乎他，他反而紧张。

孤独：若即若离，不即不离。

寂寞：我现在要耍个小计谋，改变策略，敌进我退。

孤独：这样的感情可能更长久。

孤独：敌退我追，敌疲我打，典型的游击战术嘛！

寂寞：说说男人的心理。

孤独：如果她对我好，我可能不在乎。

孤独：如果我对她好，即便她疏远我，我也会在乎她。

寂寞：原来没有例外的，真让我失望。

孤独：我想，男人，至少是像我这样的男人，最关注的还是自己的感觉。

寂寞：你结婚几年了？应该有小朋友了吧？

孤独：小朋友是什么意思？你是说情人吗？

寂寞：真笨！

孤独：哈哈！

孤独：我女儿马上要中考了。

孤独：现在应该说是没有了。

孤独：曾经有过。

寂寞：你对情人的理解是怎样的？

孤独：情人首先是在感情层面的事情。

孤独：然后，应该是彼此在乎；最后，也是最重要的一点，需要上床。

孤独：你说呢？

寂寞：少来，男人还不是一个样，主要用下半身来思考。

孤独：不一样的。

寂寞：怎么不一样？

孤独：情人之间就应该是这样的，平时不要见面，用语言互诉相思；在内心里“想”的时候就见面，用身体倾诉。

寂寞：有意思。

孤独：冒昧地问一句，你有情人吗？

孤独：或者，你曾经设想过自己可能会遭遇到一个情人吗？

寂寞：见面就像是干柴烈火，熊熊燃烧。

寂寞：我没有情人。

寂寞：但我有一点点的想法。

孤独：说来听听。

寂寞：我在浪漫与现实之间想象。

孤独：所以你有可能出问题。

孤独：一旦出了问题，你会义无反顾。

寂寞：不会的，至少目前还不会。

孤独：所以，你既是一个可能的好的情人；也是一个会给你的情人带来麻烦的女人。

寂寞：你还是说说你自己吧，我总觉得你在牵引我。

孤独：我不是已经介绍了吗？

孤独：你应该找些问题来问，我保证老老实实地回答。

寂寞：情人之间是有协议的，要遵守游戏规则。

孤独：那是另外一种关系。

寂寞：你说说你和情人的故事。

孤独：所谓包二奶、养小姘的现象，不在我所定义的情人之列。

寂寞：不是这个定义。

孤独：我们不讨论这个。

寂寞：你老回避我的问题。

孤独：实际上，就这个问题最难回答。

孤独：或者说，我无法回答。

孤独：我可以试着说上几句。

孤独：我们曾经非常相爱，或者说，彼此非常在乎对方。

孤独：你等一下行吗？媳妇儿喊我吃饭了。回头再聊。

孤独：等我！

寂寞：我今天很累，眼睛不舒服，下次再聊好吗？

寂寞：那再见吧。

G

逍遥：Hi，How are you?

逍遥：还记得我吗？上次有一个“恋爱天使”是我，没想到你没有猜出我是谁，我好难过。不过，我还是很关心你，不知你的小节找到了没有？

逍遥：我这次来是问问你，看看你在不在，有几次我都没看到你。你在和别人聊天吗？回答我的问题。我看到以后就走了，拜托！

孤独：你好！你来啦？

孤独：在大洋彼岸，现在是什么时刻？

逍遥：晚上，不过明天是星期天。

孤独：明天才是星期天？我们这里明天就是周一了。

孤独：现在课程紧吗？

逍遥：今天我见到了几个朋友，我很高兴，你呢？

逍遥：还好。

逍遥：你还在等她吗？

孤独：是呀。

孤独：当然，我也希望能遇到你。

逍遥：她真是个幸运的女孩。

逍遥：我等一下就要离开了，我就是来看看你还在不在。

孤独：我们都很幸运。生命本来就是很偶然的。而某种相遇更是偶然。

逍遥：我赞同。

逍遥：我朋友在等我，我要走了。

孤独：偶然的，都是值得庆幸的。

逍遥：我会再见到你的，到时我们再聊，好吗？

孤独：好的。再见！

逍遥：再见！

H

欧阳安然：100152838。

欧阳安然：故都的请愿主任。

欧阳安然：错得离谱。

流云水秀：你好忙哟！

流云水秀：那你为何孤独？

玲玲：我看你在这里等了好几天了。

玲玲：你太有耐性了，不碍你了。

中国人：是不是发神经了是不是发神经了是不是发神经了是不是发神经了。

玲玲：有没有时间聊两句，真的有那么忙？

9200215：你怎么半天不理我！

小姐：你好！你在等我吗？

小节：你好！你在等我吗？

玲玲：精诚所至，金石为开，恐怕是你等的那个人来了。

玲玲：看到了吗？

玲玲：急死人啦。

小节：轻轻的风带着我的心愿与祝福吹向你的心底，大哥你好！我叫王蓉，来自四川，芳龄十七岁，身高一米六左右，佳丽身材加上雪白的皮肤，也算是小美女了，可出生在农村的我从小就被人瞧不起，因为我家三个姐妹，因此我勤奋地学习，以优异的成绩考上了大学。当喜讯传来，正沉迷的我突然接到了噩耗，爸爸在我们县城打工不小心从三楼掉下来，到现在还在医院，因此我只有含泪弃学来到这里打工，我希望好心的大哥看到可以伸出援手帮助我渡过难关，我愿意用我的第一次回报大哥……急盼佳音！电话133××××7345。

小月亮：就不能聊一会儿吗？

9200319：在等人？

等童话：你怎么不说话？

等童话：你吃饭了吗？

梦蝶：可以聊聊吗？

沙漠之水：忘了她吧！

小虎：怎么了？不高兴？没关系，如果不嫌我烦，我陪你说话。

小虎：今天呢，我也不是特高兴的，可现在好多了。呵呵！

小虎：我只要活着，就不能让自己快乐。对吗？

小虎：忘记打了个“不”字，嘿嘿！

小虎：快乐真的会传染，忧伤也会。我喜欢前者。虽然自己也不太如意。

小虎：有个人关心你总不是坏事儿。

小虎：你不说话，别人就担心。明天高兴起来，就不担心了。

wyr931207：你好，孤独的人。

wyr931207：干吗叫这么凄凉的名字？

cekxing：你怎么还在这里坚守哇？

cekxing：集结号都吹过了，快撤吧！

骷髅头：在发呆？

game：反正我也没事儿，陪陪你。

game：我结婚一年多了，很想找个人讨论一下婚姻的问题。

game：你没事儿吧？不理我？

game：我走了，你一人孤独吧。尽管我很想和你讨论的。

敬红：你很孤独吗？

敬红：希望你快乐。

鬼武者：民以食为天，共进晚餐，如何？

9200571：我不想每晚见到你在这里，你像一块木头，知道吗？

I

小洁：他们都说你是在等一个人。

孤独的晴园主人（简称“孤独”）：是呀，盼望着与那个人在这里不期而遇。

小洁：你等的那个人叫什么？

孤独：她叫“小节”，跟你是同一个名字。

小洁：可惜我是“小洁”而非“小节”。

小洁：你肯定很想她，是吗？

小洁：我也在想一个人，所以感同身受。

孤独：是的。如果你是“小节”，我就是在想你。

小洁：一千个夜晚都过去了，为什么今夜过不去？腕上的镯子还闪着光泽，最后一个女人用好听的故事活了下来。

小洁：所有相偎相依的身影都无比潮湿，在比目光更远的地方还有一种让你疼的东西。

小洁：他笑起来的样子忽而让我有些心动。

小洁：这是我第一次恋爱时来过的地方，你会记得这个地方吗？他看着我的眼睛问我。

小洁：有点儿心照不宣，也有点儿心不在焉。

小洁：他握了握我的手。

小洁：他说保护好自己的手。

小洁：文字变得有光泽也有灵魂。

小洁：我不想知道更远的地方还有麦田的光泽。

孤独：红色有种刺眼的光。

小洁：大雪里的村庄。

小洁：独自哀伤。

孤独：说下去。

小洁：烛光在冬夜格外灿烂。

小洁：神秘之旅？

孤独：隐秘。

小洁：北方的村庄。

小洁：小小的村庄。

小洁：那么小那么明亮。

小洁：仿佛耕者丢下的一颗麦粒。

小洁：紫色人生。

小洁：会的。我很肯定地说。

小洁：是我们第一次亲吻的地方。

小洁：冬天快要结束的时候。

小洁：往事变成了流水。

小洁：风吹得不是很大。

孤独：是在春天来临的时候。本来都是冰。

小洁：一千个夜晚都过去了，为什么今夜过不去？腕上的镯子还闪着光泽，最后一个女人用好听的故事活了下来。

小洁：这就是一千零一夜的故事。

孤独：在这么短的时间里，你或者你的文字让我心疼了。

小洁：但我相信真正的爱往往通过灵魂到达。

孤独：可张爱玲不是这么说的。

小洁：所以我也常常想到一些人和一些事儿，想起纯粹的生存状态，想起这个世上有弥足珍贵的东西，否则我们还相信什么？我们还怀想什么？我们还能再写什么？所以我很伤心，不只是能否相互拥有，而是渐渐丧失……

小洁：在一切背景之后，时光是那样真实地路过我的面前，这时我想起了有一点儿心凉，或许有一点儿心动的感觉，冬天的日子有时是不一样的，不知为什么，想不出还有一点儿轻松的东西飘荡在昔日的草地上，有时，心里想的是一样的，有时是不一样的。

小洁：一片枫叶一样地飘落在整个十月的雨中。

小洁：我也心疼了。

孤独：今夜的一切，一切都似曾相识，都被文学化了。

孤独：我总是想知道，这是为什么，结果没有人能够回答。

孤独：经年的雨，或者雪。

小洁：想一想你的好你的深情，或者是这样，太委屈。

小洁：到底是什么使万物得以苏醒，不知道你是不是一样的宁静，我不想在一定的世界里飞跑，有一定的想法不再重要，一定是怎么伤了心，太委屈，你也许是这样的说明，我不知为什么要这样想为什么还一再地……

孤独：实际上，我们是太注重自己的感觉了。

小洁：没有什么会在路途的中央等待着我的出现，而且是在这样的时候。

孤独：偶然。

孤独：哲学上说，偶然就是必然。

孤独：煽情的说法是，我在你必经的路上等你。

孤独：经年的雨雪，经年的氤氲——几十年就这样逝去了。

小洁：一生也不过如此了

孤独：想想剩下的日子。

小洁：如果有路可走，我一定会走。

小洁：实际上路是走不通的。

孤独：想想我们在剩下的日子里还能够做些什么。

孤独：有时候，文学或文字是害人的。1. 让更多的人懵懂；2. 让更多的人死于心疼。

孤独：可是有一种东西我不敢看到。

孤独：就像某种预感，我不敢睁眼端详。

孤独：我有些怕。是骨子里的怕。

小洁：这么多年了。

孤独：我想解脱。

孤独：多奇怪呀，你和我的感觉惊人的相似。

小洁：不，我没有感觉。

小洁：其实，我说的都是些不着边际的话。

小洁：是瞎说。

孤独：你是让我无话可说吗？

孤独：今晚为什么这样似曾相识？

小洁：不要占有一个人而是试着拥有他。

小洁：有道理。

小洁：不是吗？

小洁：怎么不说话？

J

game：不知道那把吉他是不是哑了。

game：我跟他打了好多招呼，他都不理，呵呵。

game：看来只剩我们两人了。

孤独的晴园主人（简称“孤独”）：这个单词是什么意思？“游戏”？或是“节目”？

game：娱乐。我上网是为了娱乐。

孤独：我也是。等待快乐，寻找快乐。

game：你真的很孤独吗？还是故做一种孤独的姿态？

孤独：是的。我是因为孤独才来的。

game：是在婚姻的围城里感到很孤独吧？

孤独：是的。婚姻的质量在于感觉，而非形式。

孤独：真正的爱情往往行走于婚姻之外。

孤独：所以，我在坚守一份婚姻，而渴望遭遇一场爱情。

game：其实真正的爱情哪有哇？

game：除了第一次。我认为，情人只是一个弥补。

孤独：用一句最庸常的话说就是，找一个爱你的人当妻子，找一个你爱的人当情人。这句话换到女人身上，其实也是一样的。

孤独：同意。

game：脚踏两只船不是那么稳当的，搞不好就翻船了。

game：一起翻，呵呵。

game：你有情人吗？

孤独：任何时候，当要翻船的时候，你一定要攀住婚姻的船舷。

game：你可以短句一句句发的。

game：等得我心焦，呵呵。

孤独：曾经有过，但现在已经结束了。

game：为啥？

game：没有爱情的感觉了？

game：麻木了？

game：关于这个话题，真想找个人深入探讨一下。

game：？

孤独：接了个电话，不好意思。

孤独：你猜是谁打来的？

孤独：你做梦都不会想到，嘿嘿！

孤独：这样吧，留个电话给你，有机会再聊。我得出去一下。

孤独：我的电话是131××××2830，再见！

game：记下了，OVER！